Waltraud Schade

Schicksalsfragmente Zwei

Erzählungen

Impressum

Bibliografische Information der Deutschen Nationalbibliothek: Die Deutsche Nationalbibliothek verzeichnet diese Publikation in der Deutschen Nationalbibliografie; detaillierte bibliografische Daten sind im Internet über dnb.dnb.de abrufbar.

Herstellung und Verlag:
BoD – Books on Demand, Norderstedt

ISBN 978-3-754343500

ABENTEUERLICHES

Lebende Bilder – Kreatur kreativ

Lang, lang ists her und traurig war's auch manchmal, wenn die Sonne sank und der Abend durch blinde Fenster hereinschaute. Dann griff sie öfter zum Telefon und wählte eine erfundene Nummer, hörte wer sprach und legte wieder auf. Morgens erwachte sie verkatert – obgleich sie nichts getrunken hatte – aber ihr Kummer schien durch alles, was sie anfasste hindurch. Ihr war das egal – und sie pfiff vor sich hin, als sei sie alleine, aber das war sie nicht.

Sie konnte die Blicke um sie herum spüren, ohne sie zu sehen. Deshalb hielt sie sich ungern am Abend hier auf. Jetzt kam die Dämmerung – ihre Schatten legten sich auf die wartenden, reglosen Körper. Das war ihr Signal. Sie eilte aus dem Zimmer. Es klingelte. Das Telefon – sie hatte das Telefon vergessen. Als sie zurück kam, konnte sie die Augen auf sich gerichtet fühlen. Sie machte einen Schritt – weg von den Augen, hin zum Telefon und – stolperte über etwas – als sie am Boden lag, wusste sie, was es war. Die Teppichfransen.

Etwas näherte sich ihr – das Telefon klingelte, sie sah nicht hin – es beugte sich über sie – schnupperte an ihr. Sie schloss die Augen, ließ es geschehen. Es war ein weiches Maul, das ihre Lippen streifte, sich öffnete, sie mit einem fauligen Geruch anhauchte, an ihr schnüffelte. Sie spürte Zähne an ihrer Wange. Voll Angst schlug sie nach dem Maul. Das war ein großer Fehler. Das Maul öffnete sich ganz und stülpte sich über ihr Gesicht. Sie schrie unhörbar – denn es war ihr unmöglich ihre Lippen auseinander zu bringen. Die Zeit dehnte sich. Sie lag starr da, wagte kaum zu atmen. Zaghaft befühlte sie mit einer Hand das Wesen, in einer Aufwallung kraulte sie es, um sich irgendwie noch zu retten. Verzweifelt streichelte sie das kurze Fell – streichelte und wartete in ihrer Angst. Das Maul löste sich langsam von ihrem Gesicht. Sie hielt die Augen noch immer geschlossen, spürte den Speichel des Tieres, der über ihr Kinn rann. Es trabte von ihr weg. Zitternd erhob sie sich. Der Mond hing rund und groß am Himmel – wie ein angeklebtes Eidotter. Sie schlich zur Tür – hörte hinter sich ein Rumoren. Das Telefon hatte aufgehört zu klingeln. Sie öffnete die Tür lautlos und machte sie leise wieder zu. Als wolle sie niemanden stören. Dann tastete sie sich in der hereingebrochenen Dunkelheit über die Treppe nach oben und schleppte sich in ihr Schlafzimmer. Sie ließ sich aufs Bett fallen, lag stumm da, bis ihr einfiel, dass sie sich das

Gesicht waschen musste. Dann fielen ihr die Augen zu.

Am Morgen erwachte sie schweißnass und quer über dem Bett liegend. Ihre Augen irrten über den Plafond, glitten die Wand herunter, an der ein Speer neben einem schwarzen Schild hing. Was hatte sie nur geträumt?

Sie setzte sich im Bett auf und sagte laut: »Das alles muss weg!« Wie hatte sie das nur die letzten zehn Jahre ertragen können?

Was steckte in den Falten ihrer Bettwäsche und – hatte etwas auf ihrem Kissen gelegen? Und was?

Sie rutschte an den Rand des Bettes und ließ ihre Beine baumeln. Hatte sie nicht einst auf einem Thron gesessen, vor dem viele, viele Eingeborene sich vor ihr neigten und Lieder sangen, in einer Sprache, die sie zu lernen versucht hatte. Es war ein Freundschaftsband zwischen ihr und den Vielen entstanden – bis, ja bis ein Schuss sich löste und ein blutendes Tier aus dem Wald brach. Diese Vielen sprangen augenblicklich auf die Beine und machten, dass sie vom Platz wegkamen. Sie rannten, als sei Tödliches hinter ihnen her.

Oder war das gar kein Traum? Keiner, den sie geträumt hatte? War es etwas was ER erzählt hatte? Sie wusste es nicht mehr. Konnte es nicht auseinander halten. Wusste auch nicht mehr, wie lange der Großwildjäger, der viele Jahre neben ihr geschlafen hatte, schon tot war.

Doch egal, was immer geträumt oder erlebt worden war, sie musste jetzt hier aufräumen.

Im Bad duschte sie sich und zog ein Khakihemd über ihre Canvashose. Dann ging sie ganz leise die Treppe hinunter und holte eine Werkzeugkiste aus der Küche. Im sonnenbeschienen Wohnzimmer hantierte sie bald mit einem Schraubendreher an einem Geweih über dem gelben Ledersofa.

Als sie es heraus geschraubt hatte, war es viel zu schwer für eine Hand und bevor sie es mit beiden packen konnte, entglitt es ihr und sie stürzte damit auf das Sofa. Eins der Hörner stach in ihre Hüfte und der aufgewirbelte Staub vom Geweih kitzelte ihre Nase, sie musste niesen, während das Blut aus der Wunde sickerte. Das Telefon klingelte. Die Wunde puckerte. Sonst war es ruhig. So ruhig, dass sie in Gedanken versank.

Sie sollte vielleicht einen Arzt rufen. Aber so, wie sie jetzt da lag, mit dem Geweih über ihrer Brust, hätte er sie sicher ausgelacht. Sie war müde und gleichzeitig hellwach. Aber sie war nicht furchtsam. Das Telefon hatte aufgehört zu klingeln. Sie setzte sich auf und befühlte ihre Hüfte. Mit roten Fingern ging sie in die Küche und wusch sich das Blut ab. Sie suchte ein Pflaster und überlegte, wie sie jetzt vorgehen wollte. Das kleine Massaker verdankte sie ihrer

Unüberlegtheit. Was sollte sie tun? Der Löwe Ingmar, die Gepardin Monique und der Springbock Emil mussten sie heute noch verlassen. Die Geweihe dagegen hatten noch Zeit.

Sie ging ins Wohnzimmer und besah abwechselnd Ingmar, Monique und Emil. Bei ihrer Größe musste sie für jeden einen Sack, große Plastiksäcke besorgen und die drei darin zum Auto transportieren, denn schwer waren sie nicht – ohne ihr natürliches Eigengewicht.

Sie gab sich einen Ruck, in den Keller zu steigen und von dort unten die Säcke zu holen.

Sie suchte das Kellerlicht und stieß dabei mit ihrem Schienbein gegen etwas sehr Hartes. Der Schmerz durchschoss sie, so dass sie kraftlos auf den kalten Boden niedersank. Am Boden versuchte sie sich zu erinnern, wo der Lichtschalter war. Lange war sie nicht mehr im Keller gewesen. Zaghaft befühlte sie die schmerzhafte Stelle am Bein, die schon feucht war. Sie brauchte noch ein Pflaster.

Als sie mit den Säcken zurück war, überlegte sie, wen von den dreien sie zuerst bergen und verschnüren wollte. Aber die Schnur? Wo hatte sie eine? In der Küche suchte sie vergeblich – dann fiel ihr ein, dass sie in der Garage ein paar dünne Seile hängen hatte. Diese so genannten Kofferspinnen mussten doch dafür geeignet sein.

Als sie mit drei langen Kofferspinnen ins Wohnzimmer

zurückkam, bekam sie plötzlich Hunger. Sie hatte ja noch gar nicht gefrühstückt. In der Küche machte sie sich eine Tasse Tee und einen Toast Hawaii, in den sie kraftvoll biss.

Dann machte sie sich ans Werk. Sie wollte mit dem Leichtesten, mit Monique, anfangen. Sie näherte sich der Gepardin mit Sack und Kofferspinne, legte die Spinne vor Monique ab und öffnete den Sack zum Überstülpen. Als sie zuvor noch einmal Monique in die Augen schaute, zuckte sie zurück. Blitze schossen daraus hervor. Sie wandte sich ab und Ingmar, dem Löwen, zu. Er schien zu schlafen. Sie näherte sich ihm von hinten und stülpte ihm schnell den Sack über. Dabei verhedderte sie sich mit seinem Schwanz. Im Fallen spürte sie erst einen Luftzug, dann peitschte der Schwanzknäuel über ihre Augen und sie sah kleine rote Sternchen.

ER hatte damals im Urwald gestanden, hinter einem breiten Baum voller Schlingpflanzen, sein Gewehr entsichert und im Anschlag gehalten. Etwas war durch den Busch gestreift, verweilte und streifte weiter. Da schoss er – etwas war in die herumliegenden Blätter gefallen. Die Boys waren gleich zur Stelle und hatten den Körper vom Boden gewuchtet, ihn an zwei Stöcken festgebunden und ihn aus dem Dickicht getragen. Sie war hinter einem Baum hervor getreten: »Warum hast Du ihn erschossen?« Er hatte sie angesehen, als sei sie ihm fremd geworden und hatte geantwortet: »Das habe ich dir doch schon so oft gesagt – ich schieße nur krankes und waidwundes Wild!« Sie hatte ihm nicht geglaubt, hätte aber auch nicht das Gegenteil beweisen können.

Als sie erwachte, wusste sie nicht gleich, wo sie war und konnte auch nichts mehr sehen. Das linke Auge war feucht und durch das rechte blickte sie langsam die Dämmerung an, die jetzt begonnen hatte. Schemenhaft erkannte sie Monique und Emil. Beide schauten sie an, als sei sie schuld an ihrem Tod oder dem jetzigen Leben, das sie noch hatten, bei ihr. Sie fasste sich an den Kopf, er tat weh. Fürchterlich weh. Ingmar lag neben ihr, als schliefe er. Vielleicht sollte sie die anderen auch hinlegen, vielleicht käme sie dann mit ihnen besser zurecht. Alles andere verschob sie auf später. Um Kräfte zu sammeln, taumelte sie in die Küche und öffnete den Kühlschrank. Er war leer bis auf ein angebissenes Hühnerbein, das auf einem kleinen Teller lag, neben einem halbleeren Glas Wein. Das nahm sie heraus und trank es in einem Zug aus. Auf das Hühnerbein hatte sie keinen Appetit. Sie ging ins Bad, nahm eine Schmerztablette und betrachtete ihr Gesicht. Das linke Auge war voll Blut. Sie holte aus einem Schränkchen etwas Mull, legte ihn aufs Auge und verpflasterte es. Dann schleifte sie sich zurück ins

Wohnzimmer. Dort warteten schon Ingmar, Monique und Emil. Sie standen jetzt wie eine Phalanx nebeneinander. Sie bekam Angst und erinnerte sich an Speer und Schild, die beide oben im Schlafzimmer hingen.

Rückwärts wich sie aus dem Wohnzimmer und schloss schnell die Tür. Oben angekommen, legte sie sich aufs Bett und schlief ein.

Nach der letzten Großwildjagd hatte sie genug davon. Sie glaubte auch nicht den Beteuerungen ihres damaligen Lebenspartners, hielt es für eine Ausrede, dass nur kranke und verletzte Tiere von ihm abgeschossen worden waren. Sie fuhr nicht mehr mit und so war sie auch nicht dabei, als es ihm an den Kragen ging. Er war durch den Urwald gehastet, keuchend unter einem Baum stehen geblieben, als plötzlich eine Schlange sich von einem Ast löste, auf ihn herab fiel, sich um seinen Hals ringelte, ihn umschlang und fest zudrückte.

Als sie erwachte, drehte sich alles um sie. Ihr Kopf schwirrte – ihre Wunde puckerte, ihr Auge schien trocken, aber es schmerzte. Sie musste etwas essen. Aber war ihr Kühlschrank nicht leer? Vielleicht gab es noch eine Dose mit irgendetwas im Keller. Oder ein Glas mit Eingemachtem von früher. Sie setzte sich auf und schlüpfte in ihre Pantoffeln. Dann erinnerte sie sich, warum sie nach oben gegangen war. Sie nahm Schild und Speer von der Wand und schlich damit nach unten, wie ein Jäger durch den Busch.

In der Küche legte sie die Gerätschaften ab und lief wieder die Treppe hinunter in den Keller. Sie suchte im Regal, aber da war nichts – kein Glas, keine Dose, nichts. Warum war sie plötzlich so arm – arm an Essbarem. Da fiel ihr ein, dass sie vor ein paar Tagen alles weggeworfen hatte und nur noch frisches Obst und Gemüse essen wollte. Und der Toast in der Küche – der Schinken, die Ananas? Es waren die letzten Scheiben, mehr war nicht da gewesen. Plötzlich erspähte sie eine einzelne Flasche. Was war das? Sie griff danach, es war eine Flasche Champagner aus besseren Zeiten. Vielleicht sollte sie ihre Tiere verkaufen und dafür wieder den Keller füllen? Mit leckeren Sachen. In Saus und Braus leben?

Mit der Flasche in der Hand schlurfte sie nach oben. In der Küche suchte sie ein Tuch, um damit den Korken festzuhalten, damit er beim Herausspringen nicht ihren Daumen abriss. Dass so etwas geschehen könnte, davon hatte sie gehört. Sie goss das perlende und zischende Edelgetränk in einen Kelch und trank ihn aus. Das leere Glas stellte sie ab, die Flasche in den Kühlschrank und nahm Schild und Speer fest in beide Hände. Sie befürchtete, zu stolpern und ließ im Flur ihre Pantoffeln stehen. Barfuss öffnete sie die

Tür zum Wohnzimmer. Vor ihr standen alle drei, Monique, Ingmar und Emil, wie eine Herde, die strategisch denkt.

Angst griff nach ihr, sie schloss ganz schnell die Tür und lief zurück in die Küche. Sie setzte sich auf einen Stuhl und sah abwesend vor sich hin. Ihre Füße wurden kalt dabei und sie holte sich die Pantoffeln aus dem Flur. Dann blieb sie vor dem Küchenschrank stehen, nach einer Pause öffnete sie ihn und nahm drei Kelche heraus. Aus dem Kühlschrank holte sie die Flasche. Jetzt füllte sie die drei Kelche mit Champagner, stellte sie auf ein Tablett und ging damit zum Wohnzimmer. Dann öffnete sie die Tür. Alle drei standen noch in Habachtstellung vor ihr. Sie ging auf Monique zu, hielt ein Glas mit perlendem Champagner vor ihr verächtliches Grinsen. Monique öffnete quietschend ihr Maul. Sie goss ihr den Inhalt des Kelches in den weit geöffneten Rachen. Monique prustete und schüttelte ihren schlanken Kopf. Es sah so aus, als schmecke es ihr. Sie trat vor Ingmar, der schon gleich seine Mähne schüttelte. Monique fiel wie freundschaftlich gegen ihn. Da riss er ganz plötzlich sein Maul bedrohlich auf. Sie ließ vor Schreck das Tablett fallen. Dass Ingmars Rachen so gefährlich war, hätte sie nie gedacht. Glas klirrte, das Tablett schepperte und sie rannte aus dem Zimmer, warf die Tür kräftig hinter sich zu und drehte sich um. Sie hörte noch ein anderes Geräusch. Es war ein Lecken, Schlecken und – wieder das Telefon.

15

Oh – wie schön ist Palma La

Ich sitze in der U-Bahn und lese einen Text, den mir jemand bei meinem letzten Geburtstag in die Hand gedrückt hat. Ich hatte ihn ganz vergessen und vorhin eingesteckt, um mal zu sehen, was das eigentlich ist. Da klingelt mein Handy. Es ist mir peinlich, weil ich so was hasse, Monologe in der U-Bahn. Wenn sie voll ist, kann man nicht entweichen, vor allem, wenn die Fahrt länger dauert. Noch bevor die Melodie verklungen ist, habe ich das kleine Monster in meiner Tasche erhascht und schaue drauf: Es ist Heiner, mein Verleger. Ich muss annehmen.

Er will wissen, ob ich noch einen Text habe für das Kurzgeschichten-Buch, das demnächst erscheinen soll.

Geistesgegenwärtig halte ich mir die wenigen Blätter vor die Augen, rufe erfreut: »Na klar! Spielt auf La Palma – geht gleich los!« Ich schaue um mich, rücke etwas ab von meiner Nachbarin, drücke mich in die Schwerbeschädigten-Ecke und rufe ins Handy:

Es war im Winter, Lea brauchte wieder mal von irgendetwas Abstand, sie war auch noch mitten in einem Trennungsprozess, der alles von ihr abverlangte – darüber wollte sie was schreiben, aber irgendwie kam sie nicht weiter, es war zum Verrücktwerden, sie wusste nicht, wie anfangen, kam auf keinen Gedanken. –

»Könnten Sie bitte etwas leiser sprechen?« –

»Entschuldigung.« –

Da kam ihr die Idee, up, up and away – auf eine kanarische Insel zu düsen. Auf La Palma, an der Playa Nueva zog Lea in eine komfortable kleine, feine Casetta, sie stand auf schroffem, nacktem Felsgestein.

Um sie herum nur noch Wind, Wellen und Vögel, die über ihr kreischten. Also ein Lands End wie man es sich manchmal nur wünschen kann. –

»Du lieber Himmel, neben mir gähnt einer – hörst Du das Heiner?« –

Lea saß in der Casetta, glotzte aufs Meer und in die Berge, vor ihr der Tisch zum Schreiben.

»Wo bleiben denn die lustigen Musikanten, die hier sonst immer auftreten?« –

Lea ... – »Wer ist denn LEA?« – »Seien Sie doch mal still« – Lea hatte keine Idee – das Papier blieb weiß, es war auch viel zu heiß. Sie besorgte sich ein altes Auto, fuhr mit ihm quer über die Insel, weil das Benzin dort ja auch so billig ist – hinauf in die Berge und gaffte in Schluchten, hinkte durch urweltliche Lorbeerwälder, als sei es ein Urwald. Hüpfte wie eine Gemse im Zickzack über Gesteinsbrocken und Felsformationen. –

»Hey ich bin jetzt kurz vor dem Fehrbelliner Platz, bin gleich da.« –

Außer Atem kam sie auf eine Wiese, rastete und blickte den Wolken nach, die sich vereinten und wieder trennten. Sie knallte sich an den Strand, las die Zeitung vom Vortag und ließ sich von den Wellen durchschütteln – abends setzte sie sich wieder an die leeren Seiten – es war zum Steinerweichen, sie kam einfach nicht voran. Zum Ausgleich briet sie sich allerlei köstliche Steaks und Fische mit Reis und Salat. Es duftete und der Wein eilte ins Glas. Der kräftige Insel-Wein hob Lea in verlassene Gefilde. –

»Ich komm jetzt doch nich – habs mir anders überlegt…« –

Dann quartierte ihre Vermieterin eine fremde Frau bei ihr ein, das gefiel ihr so gar nicht, weil sie lieber allein sein wollte und dabei öfter zur Flasche griff. –

»Waaas? Ich soll nich mehr anrufen? Bist Du bescheuert oder was?« – »Hoffentlich verschluckt die jetzt vor Wut ihr Handy! Heiner bist Du noch da?« –

Sie sah sich schon am Strand schlafen. Doch diese Mona war bescheiden und ganz – zufrieden mit dem kleinen hinteren Zimmer ohne Aussicht, verdunkelt überdies durch eine Balkonmauer.

Monas Gesellschaft lenkte Lea zwar ab von ihrem Vorhaben, war aber auch bereichernd – Mona erwies sich nämlich als kluge Gesprächspartnerin, allerdings mit einem Sprung in der Schüssel. »Seit wann finden denn Lesungen in der U-Bahn statt?« –

Mona war eine Schöpfungskanone, sie munterte Lea nach Kräften auf, denn diese hatte sich zwischen Strand und Bergen schon so ziemlich hängen lassen. Einmal machten beide eine Wanderung auf den Roque de los Muchachos – über Stock und Stein und das hätte furchtbar schief gehen können, weil Mona partout ihre High Heels nicht ausziehen wollte.

»He da, bin schwerbeschädigt – mach ma Platz!« –

»Heiner, ich muss jetzt im Stehen weiter lesen, die Bude ist voll! Was? Da passiert nix? Warte, es geht ja weiter.« –

Es war am Anfang des Jahres, wenn der Atlantik sich besonders hoch auftürmt und die ruhelosen Wassermassen einen niemals schlafen lassen, also, es wütete ein heftiger Sturm, der Lea mordsmäßig Angst machte und sie nicht einschlafen ließ. Lea war schon total übermüdet und das Meer umflutete und umbrandete wild entschlossen die Casetta. Sie bibberte vor Angst – denn sie hatte schon vieles über die Gewalt des Meeres gehört und gelesen, davon, wie die höher und höher steigenden Wogen schon manche ins Meer gerissen hatten. –

»Moment mal Heiner, ich muss umblättern!«

Von Mona war den Tag über nichts zu hören und zu sehen – abends saß Lea wie gebannt am Fenster mit dem Ausblick aufs wütende schwarze Meer, das der Mond nur schwach beschien und verfluchte das Alleinsein.

»Kann ich mit einer Gruppenkarte auch alleine fahren?«

»Nein – oder vielleicht – als multipler Zirkus!«

Schließlich steckte sich Lea Watte in die Ohren und bat um Tiefschlaf. –

»Wen denn?«

»Zeus natürlich, wen denn sonst? – Nein, das steht so nicht im Text, Heiner.«

Am nächsten Morgen war alles ruhig und Lea glitt frohgemut aus dem Bett haaa – allüberall waberten Tintenfische im herein geschwemmten Meerwasser…

«What is she talking about?« – «GRRRRRR«

Was war passiert in dunkler Nacht? Aufgeregt watete Lea in Monas Schlafzimmer. Das Bett gab es nicht mehr – unter den Scherben des Fensters und der herausgerissenen Ummauerung war es zusammengebrochen.

Aber wo war Mona? Hatte sie die Nacht, wie so oft, in Ellis Bierbar verbracht? – »Hey – musst Du die ganze

U-Bahn mit deinem Schwachsinn belästigen?« – »Verstopf dir halt die Ohren!« -

»Um Himmels Willen Heiner! – Hilfe! – ein Besoffener, er ist auf mich drauf gefallen.« – »Halt die Klappe, Olle!« – »Ich kann bald nich mehr…«

Was, wenn Lea sich auf ihrem Bett niedergelegt hätte, im Gefühl, darin geschützter vor dem Meer zu sein? Die Antwort kennt nicht nur der Wind. – »Die kennt bestimmt jedes Kind…«

»Klappe zu – Affe tot!«

Wo blieb Mona bloß? Lea holte einen Besen und schippte stoisch – wahrscheinlich unter Schock – das Wasser zurück ins Meer.

»Was für eine Story! Gefällt sie Dir, Heiner? Ja, ja, es geht noch weiter.«

Mona kam nicht und Lea musste die Geschichte doch loswerden.

»Aua – Mensch pass doch auf! – Sorry, Heiner, aber mir ist eben einer mit seinem Rad über die Füße gefahren! – Ich geh jetzt in den nächsten Wagen – das ist ja hier zum Verrücktwerden.«

Sie jagte mit dem Mietwagen nach Puerto Naos zum Kiosko, wo alle schon auf Insel-Neuigkeiten warten. Das Erlebnis schoss aus ihr wie ein Wasserfall. Augen starrten sie an, ungläubig, dass sie noch lebe.

Wo war Mona jetzt? Bis zum Abflug durfte es sich Lea in der Villa der Vermieterin bequem machen. Aber jeden Tag musste sie ein anderes Eintopfgericht probieren, die Vermieterin war Vegetarierin. Mona hat sie seitdem nicht wieder gesehen.

»Warum nicht?« – »Lea – Mona, was sind das für Horrorweiber?« –

»Jetzt geht das glatt hier weiter! KLAPPE!!!«

»Rathaus Spandau – alle aussteigen!« –

»Oh je, jetzt bin ich zu weit gefahren – ach ja? Du willst die Story unbedingt haben? Waas? Umschreiben? Den Schluss an den Anfang? Und der Anfang? In die Mitte? Und die Mitte? An den Schluss?«

Vivian

Sie schleppte ihren Koffer den Sandweg hinauf. Als sie vor
dem Landhaus stand, atmete sie tief aus: »Endlich erreicht!«
– Sie seufzte, – hoffentlich war das eine Heimstatt für sie.
Sie klingelte. Wartete. Es öffnete sich die Tür. Ein freundli-
ches Gesicht einer Frau sagte etwas aufgeregt: »Oh, Sie sind
gewiss Vivian – die sehnlich Erwartetete.« – Vivian nickte
und griff nach ihrem Koffer. »Kommen Sie nur herein.« –
Ihre Geste war einladend. Sie ging voraus und zeigte nach
oben: »Unterm Dach« – sie kicherte, »liegt ihre Mansarde,
ich habe sie hergerichtet, Sie werden sich wohl fühlen.« –
Vivian nickte und machte Anstalten, nach oben zu gehen.
Die Hausherrin winkte sie in die Küche: »Ich habe uns einen Tee zubereitet.« – Vivian nickte und folgte ihr in die
Küche.

Als Vivian endlich oben in der Mansarde angekommen
war, stellte sie ihren Koffer ab und setzte sich aufatmend auf
das schmale Bett. Ihre Hand glitt über den Stoff des Über-

wurfs. Es war ein Halbmondfenster, aus dem sie auf einen Rasen mit halbmondförmigem Himmel blickte. Hoffentlich war dies ihre letzte Station. Sie war so erschöpft von ihren Umzügen, den Menschen, die ihr Leben begleitet, bereichert und belastet hatten. Sie beugte sich hinunter zu ihrem Koffer, öffnete ihn und nahm ein paar Kleider und anderes heraus, hängte es in den Schrank und legte sich auf das Bett. Morgen würde sie alle anderen Taschen und Koffer hierher bringen, die Hausherrin würde sie mit dem Auto fahren. Sie wollte sich keinen Kerl mehr aufreißen, der ihre Koffer und Kisten schleppte und transportierte. Hoffentlich würde sie sich hier wohl fühlen, eine Heimat finden und am Ende ihrer Reise sein.

Am nächsten Morgen klopfte es an ihrer Tür: »Vivian, komm mach auf, wir haben gehört, dass du hier bist.« – Vivian drehte sich auf die andere Seite, sie schnaufte auf eine empörte Art. Immer diese Gören. Von unten tönte Junes Stimme, die Stimme der Hausherrin: »Vivian, das Frühstück ist fertig.«

In der Küche wartete June am Tisch. Vivian erschien in einem hellen Mantel, setzte sich an den freien Platz und sprach: »Ich möchte ein Schloss für meine Türe.« – June goss die beiden Kaffeetassen voll: »Sollen Sie haben Vivian.« – Vivian sah sie mit ihren dunklen Augen an: »Miss Smith – ich heiße Miss Smith.« –

Draußen rumpelte es. June rief betont langsam aber laut durch die geschlossene Türe: »Kinder, sie kommt gleich.« Zu Vivian gewandt: »Nicht wahr, Sie gehen doch jetzt mit den Kindern nach draußen?« – Vivian nickte und erhob sich. June sah sie einigermaßen verwundert an: »Sie haben ja noch gar nicht getrunken und – nichts gegessen?« – Vivian ging an ihr vorbei und öffnete die Türe. Ein schwarzer Junge ritt auf einem braunen Pferd unter der Hochbahn hindurch, folgte ihren unsichtbaren Schienen. Sie scheuchte das Bild vor ihren Augen weg – wie lange war das her?

Ihre Kamera baumelte vor ihrem Bauch – die drei Kinder riefen ihr zu: »Vivian – kommst Du mit?« – »Vivian wir wollen ins Gras! Vivian, da ist es schön!« – Sie rief zurück: »Gerne, führt mich dorthin!« – Die Kinder hüpften vor ihr her die Straße entlang mit den Einfamilienhäusern rechts und links. Eine alte Frau schlurfte ihr entgegen, Vivian fasste die Kamera, schaute der Frau ins runzlige Gesicht, klickte den winzigen Hebel nach unten. Wieder ein Bild dieser verwahrlosten Gesellschaft. Die Kinder waren weit vorne um die Ecke gebogen, Vivian blieb vor einer Litfasssäule stehen. Schon wieder wurde ein Mörder gesucht, ein Frauenmörder, der eine Frau in ihrem Bett stranguliert hatte. Vivian hielt ihre Kamera auf die gebotene Höhe und knipste das Fahndungsplakat. Die Kinder waren in einen Weg eingebogen, von wo Vivian ihr Lachen und Schreien hören konnte.

25

Schön war es im hohen, grünen Gras – die Kinder spielten Verstecken und Vivian konnte sich ihren Erinnerungen hingeben. Sie sah wieder den verlorenen Blick der schönen, müden Frau über ihre Schulter. Wollte sie der Betrachterin etwas enthüllen? Und die beiden eleganten Damen, deren einer das Fell über den Schultern hing, daran noch der Fuchskopf baumelte, der mit stechendem Fuchsblick die Umgegend musterte. Überhaupt war Fuchsfell damals hoch in Mode. Den Kopf des kleinen Jungen, der hinter seiner runden Brille einen kritischen Blick in die Kamera schickte, zierte ein Fuchsschwanzkäppi, vielleicht war er bei den Pfadfindern oder hatte es sich aus einem Micky-Maus-Heft abgeguckt.

Jetzt kam ihr auch wieder der skeptische Blick der elegant bepelzten Dame in den Sinn, die sich vielleicht nicht bewußt war, als ein Objekt der Kamera eingefangen zu werden.

Eines der Kinder weinte plötzlich. Vivian sah den weinenden Jungen vor sich, mit dem Pelzkragen auf seinem Mantel, gefangen an der Hand seiner behandschuhten Mutter. Das war ein gelungenes Bild vom Bürgertum mit seinen berühmten Berührungsschwierigkeiten, allein schon nackter Hände.

»Vivian – der Mike ist in den Bach gefallen« – rief es aus fernen Höhen. Vivian eilte hin zum Weinen, zückte ihre

26

Kamera und schoss das Foto des im Wasser zappelnden, schreienden Kindes. Sie liebte es, weinende Kinder zu fotografieren, es war ein Ausdruck ehrlich an den Tag gelegter Gefühle. Sie konnten nicht unterdrückt werden. »Vivian, wir müssen Mike aus dem Wasser holen…« – Vivian nickte und hielt dem weinenden Mike ihre Hand hin.

Mike wollte so rasch wie möglich nach Hause – aber Vivian zeigte auf die Sonne. Er musste sich ausziehen und ins Gras legen. »Du wirst ganz schnell wieder trocken«. Vivian blickte in die Sonne. Es kamen ihr zwei kurz behoste Beine entgegen, die sie im Gedächtnis behalten hatte, weil sie einander so ähnlich und doch nicht gleich waren und auch nicht zueinander gehört hatten. Von wann und wo war das Photo von Mutter und Tochter, erkennbar an den befremdlich gleichen Nasen in verschiedenen Gesichtern? Noch mehr verschieden in Kleidung und Frisuren – die Mutter mit aufregendem Picasso-Muster auf ihrem Oberteil und strähnigen Haaren, das Gesicht der Tochter gerahmt von einer biederen Dauerwelle, die in einer belanglosen Bluse steckte. Die Blicke der beiden - entsprechend frech-kokett und abweisend-kühl.

Die Kinder spielten Ball, er flog hoch und prallte an Mikes nacktem Oberkörper ab, Mike schrie kurz auf und der Ball segelte hinüber zu Vivian, wo er in ihrem Schoß landete. Vivian nahm den Ball an sich und rief die beiden

Mädchen her: »Nehmt euch in Acht vor Männern, sie neh-men euch auf den Schoß und auf einmal piekt etwas – habt ihr mich verstanden?«

Sie hatte zunächst geraunt und ihre letzten Worte gel-lend in die Sonne gespuckt. Laura sah Vivian verständnis-los an. Jenny zupfte an ihrem Kleidchen und blickte ängst-lich aus großen Augen: »Ja Vivian…«.

Vivian schaute sinnend auf die beiden Mädchen. Sie wa-ren so verschieden – so anders wie sie und …

Da schob sich stirnrunzelnd der alte Clown vor ihre Augen – das sollten die Leute auch mal sehen, dass einer, der für ihr Vergnügen da war, vielleicht ein trauriges Leben hatte und am Ende zu müde war um über sich selbst zu lachen. – Und der Zeitungsverkäufer, der – umrahmt von lauter Zeitungen – in seinem Zeitungskäfig saß und über all den auf ihn einstürmenden Nachrichten und Menschen eingenickt war – vielleicht nie mehr aufwachte! Nie mehr aufwachte?

Laura kam mit einer Blume in der Hand angerannt und steckte sie Vivian ins Haar. Eine Biene löste sich aus der Blüte und flog, heftig summend kreuz und quer über Vi-vians Gesicht. – Sie hob ihre Hand und schlug nach der Biene, die zappelnd ins Gras fiel.

Nie mehr aufwachte – da war das Pferd, das tot in der Gosse lag, zusammengebrochen unter seiner Lebenslast, missbraucht für viele Lasten, die seinen Körper schindeten, so lange er noch gehen konnte... Wo war jetzt der Besitzer, der vom Pferdeleben profitiert hatte? – Wo die Besitzerin der Puppe, die in einem Abfallkorb aus Draht gelandet war?

Mike regte sich, die Sonne ging unter. »Vivian, mir ist kalt, ich will nach Hause!«

Vivian nickte, Mike zog eilig seine getrockneten Sachen an und die Kinder sprangen singend nach Hause: »School is over oh what fun, oh what fun, oh what fun...«. Vivian trottete mit vor dem Bauch baumelnder Kamera hinterher.

Das verdoppelte Leben fiel ihr plötzlich wieder ein – die zwei ernst dreinblickenden Knaben aus der schwarzen Mittelklasse, der eine mit einer Mütze aus der Micky-Maus-Ohren ragen, der andere scheint das abzulehnen und auch gar nicht komisch zu finden. Die beiden einfachen Frauen aus dem Volke mit ihren vier Kindern, alle mit in die Hüfte gestemmten Armen, als hätten sie sich die gleiche Entrüstungstechnik angewöhnt.

Die Haustüre öffnete sich schon, als sie ankamen. Die Kinder stolperten die Stufen hinauf und hinein ins Haus. June fragte Vivian freundlich lächelnd, ob sie ihr beim Kochen helfen könnte – Vivian nickte. Nach dem Essen brachte Vivian die Kinder ins Bett. Mike schlief sofort ein, aber Laura wollte wissen, wie es der Biene wohl jetzt ergehe? Vivian blickte sie ernst an und sagte rau: »Sie liegt ins Gras gebettet und schläft bestimmt schon – so wie Du jetzt!« – Dann legte sie ihr das Kopfkissen übers Gesicht und löschte die Lampe. Leise schlich sie aus dem Zimmer und stapfte nach oben in ihre Dachkammer. Angekommen, setzte sie sich auf ihr Bett und schloss die Augen. »Warum bin ich so schwierig« – dachte sie – »warum ist alles so schal?«

Entschlossen stand sie auf, ging leise hinunter und setzte sich auf ihr Mofa, das inzwischen mit der Bahn gekommen war.

Laue Luft umwehte ihre Nase, es dunkelte schon, als sie auf der Landstraße dahin flog.

»Du hast immer an mir rumgenörgelt – und meine schönen Glasfiguren, die Elefanten und Nashörner – die zarten Vögel und Schmetterlinge, hast Du mir zerbrochen, weil Du mich nicht leiden konntest und ärgern wolltest.« – Vivian verscheuchte die zuletzt gehörten Worte von ihren Ohren – »Ich konnte nichts dagegen tun – ich hatte Angst vor Dir!« –

Vivian hielt an, neben der Böschung raschelte es, schnell fuhr sie weiter.

»Du hast mir das Essen rein gezwungen, hast mich fest gehalten und gewürgt bis ich runterschluckte. Immer wieder!« – Vivian schüttelte so heftig den Kopf – als sei ihre Ablehnung in dieser Sache endgültig. »Aber ich weiß, Du hattest mich gern.« – Ein kleines, scheues Lächeln lief über

Vivians Gesicht. Diese beiden Mädchen, die sich jetzt gemeldet hatten, waren aus ihrem früheren Sein und sie waren einander so gar nicht ähnlich, genauso wie…

Vivian fühlte sich auf ihrem Mofa wie auf einem wilden Hengst, den es zu zähmen galt. Sie beugte sich nach vorn, über das Lenkrad und genoss den Speed im Übermaß. »Speedy Gonzales« – brüllte sie in den Wind. Vor dem Porträt-Foto in der Ausstellung war sie wie vom Donner gerührt stehen geblieben, lange.

Sie hatte eine Menge Selfies geschossen – verliebt und nie angekommen. Wohin es passte, schoss sie sich hinein. Neben eine Frau, zwischen zwei Frauen, über eine Frau. Aber dieses Bild – sie war davor stehen geblieben, konnte nicht weiter gehen. Und als sie sicher war, dass niemand mehr um sie herum war, nahm sie ihre Kamera in beide Hände, die zuerst zitterten, aber dann ruhiger wurden. Hob die Kamera etwas höher, es sollte ihr Meisterschuss werden. Hob sie dicht unter ihr Gesicht und drückte ab. Es musste ganz gut geworden sein – das Doppelporträt von MM und VV – Vivian Vanderstraat und Marilyn Monroe. Sie mussten darauf aussehen wie Freundinnen, innig zugetane Wesen, jede lächelte der anderen durch sich selbst hindurch zu.

Vivian hatte nicht bemerkt, dass sie inzwischen in eine Stadt eingefahren war. Mit weit aufgerissenen Augen nahm sie eine Gestalt wahr, in einem weit ausgestellten Rock – mit einem ebensolchem Cape um die Schultern. Die Gestalt eilte auf eine weiße Limousine zu. Vivian hörte – einen lauten Krach, spürte einen messerscharfen Schmerz irgendwo im Inneren ihres Körpers – da war sie – da war Marilyn – Vivian legte sich schlafen.

Das Boot

Er sah auf das Meer hinaus. Die Wellen hatten sich beruhigt. Er griff nach seiner Badehose. Ein Grollen kam aus dem nächst liegenden Fenster. Ronny schlappte die Steintreppe abwärts und lief hin zu den anrollenden Wellen.

In seiner neuen Bermudashorts stürzte er sich ins Wasser und kraulte los. Nach ein paar Metern legte er sich auf den Rücken und blickte zurück. Der Vorhang am Fenster bewegte sich leicht. Er dachte an Afrika, die Zeit, als er als Ingenieur den Schwarzen die Reparatur von Elektrogeräten beigebracht hatte. Wie aufmerksam und interessiert die Burschen dort waren. Und auch dankbar. Sein Wissen war dort sehr viel mehr wert als in seiner Heimat. Es waren seine schönsten, sorglosesten Jahre.

Er tauchte und kam prustend wieder hoch. Der Vorhang bewegte sich nicht mehr. Ronny schwamm an Land und kam tropfnass aus dem Wasser. Er legte sich in den warmen Sand und blinzelte in die Sonne. Sein Leben jetzt war auch nicht schlecht, er glaubte, seine Ruhe gefunden zu haben. Aber etwas fehlte.

Er ließ sich Zeit, Gloria hatte heute keine gute Laune, das wusste er.

Er sah hinauf zu den Bananenstauden, wie sich ihre langen Palmblätter im leichten Wind wiegten. Sie taten ihm leid – so eng, wie sie zusammen gepfercht stehen mussten, hinter der durchlöcherten grauen Mauer.

Er pfiff eine Melodie, die er in letzter Zeit öfter im Radio gehört hatte. Als er oben ankam, öffnete sich, wie von selbst, die knarrende Tür – die musste er mal ölen. Gloria saß vor sich hinschnaufend in seinem Sessel. Ihre Augen blinzelten ihn ausdruckslos an. Laut sagte er: »Whisky!« Sofort stand sie auf, lief an den Schrank und holte eine Flasche Whisky heraus. Sie griff ein Glas vom Regal, schenkte ein und hielt es ihm hin. »Eis« forderte er und sie ging mit dem Glas zum Kühlschrank. Das Eis klirrte im Glas, als er es ihr aus der Hand nahm. Er trank den Whisky bis auf den letzten Tropfen und verlangte – »noch eins«.

Sie war zum Fenster gegangen, hatte die Gardine zurückgezogen und schaute hinaus. Er schenkte sich selbst das Glas voll und schaltete den Fernseher ein. Sie drehte sich um und beobachtete ihn. Nach einer Weile griff sie zur Flasche und stellte sie zurück in den Schrank.

Er nippte am Glas und glotzte. Sie ging in die Küche. Er hörte Geklapper und stellte den Fernseher lauter.

Draußen wurde es schlagartig dunkel. Sie kam aus der Küche, warf einen seltsamen Blick auf ihn und verschwand hinter einer schmalen Tür.

Was sollte er mit diesem Abend machen? Das Fernsehprogramm ödete ihn an. Er gab sich einen Ruck und ging hinaus in die Nacht. Mit seinem blauen Saxo fuhr er über die holprige Strasse in den nächsten Ort. In einer Bar trank er einen doppelten Whisky. Eine Frau näherte sich ihm. Er lud sie zu einem Glas ein. Schweigend tranken sie.

Am nächsten Morgen weckte ihn das Geräusch des Staubsaugers. Müde blickte er auf das Bild an der gegenüber liegenden Wand. Wolken und Wellen, auf denen ein kleines weißes Boot schaukelte.

Der Staubsauger verstummte. Es roch nach Kaffee. Er schlug das luftige Laken zurück und machte sich auf den Weg ins Bad. Im Flur streifte Gloria leicht seine Lende und verschwand in die Küche.

Nachdem Ronny im Salon gefrühstückt hatte, rief er: »Ich fahre einkaufen« und klimperte mit den Autoschlüsseln. In der Küche deutete Gloria auf einiges, das schon zur Neige ging. Ronny notierte sich alles, ging schnell zur Türe, bevor sie ihm folgen konnte.

Angekommen, lief er hinunter zum Hafen und setzte

sich in ein Café. Obwohl es dafür zu früh war, hielt er bald ein Glas Sol y sombre in der Hand, schmeckte den Anis vermischt mit Weinbrand und blickte aufs Meer. Eigentlich sah er durch das Glas hindurch, betrachtete den Himmel durch die sonnige Flüssigkeit.

Ich habe keine Grundsätze, nicht mehr, keine Grundfesten – außer … der Tatsache meiner Geburt … dachte er, beim Anblick der Wellen.

Ein Boot fuhr vorüber, ein Boot mit einem weißen Segel. So weiß, dass es ihn blendete und er nichts anderes und niemanden sehen konnte auf dem Boot. Es segelte geschmeidig durch die Wellen oder schaukelte darauf, so genau war das nicht zu erkennen. Er bewunderte die Heiterkeit des wie gemalten Bildes. Ronny trank sein Glas leer und stellte es an den Rand des Tisches, um für ein neues Platz zu machen. Als er es in der Hand hielt, war das Boot inzwischen schon an die Mole gesegelt, das Seil schwirrte durch die Luft und fiel in einem wohl geordneten Kringel um den Pfosten.

Eine Gestalt verließ in einem graziösen Sprung das Boot und band es fest. Die Gestalt wurde größer, näherte sich mit beschwingten Schritten dem Café, wo Ronny sein Glas umklammert hielt. Es war eine Frau, die ihre Augen abschirmte und nach einem freien Tisch Ausschau hielt, am Arm eine pyramidenförmige Handtasche.

Er setzte seine Sonnenbrille auf und verfolgte, wie sie sich aufatmend in einen Sessel fallen ließ, sich ausstreckte und aufs Meer blickte. Sie gefiel ihm. Er deutete auf ihre Handtasche und fragte: »Kommen Sie geradewegs aus Ägypten?« Eine Weile saßen sie so da und plauderten.

Ronny wippte auf seinem Stuhl, wies auf die Mole und fragte: »Ist das Ihr eigenes Boot?« Sie sah ihn überrascht an, trank und stellte ihre Tasse ab. Dann antwortete sie stolz: »Ja und ich habe es von meinem eigenen Geld gekauft.« Sie sah verdammt gut aus, dachte Ronny und außerdem hatte sie den Bonus der selbständigen Frau.

»Ein schönes Boot – wollen Sie mich nicht mal mitnehmen, hinaus aufs Meer und ich singe ein paar Shantys – nur für Sie?« Ohne zu zögern gab er eine Kostprobe und sie klatschte begeistert. Sie verabredeten sich, er bezahlte ihren Kaffee. Zum Abschied schwenkte sie ihr Pyramidentäschchen. Sie hieß Mary-Ann, wie das Schiff in dem Seemanns-Lied.

Als er zum Supermarkt fuhr überkam ihn ein Hochgefühl. Er schwang sich von Regal zu Regal, tänzelte und drehte Pirouetten. Wie ein Ballett-Tänzer federte er empor und griff aus dem höchsten Regal eine Packung, die er schwungvoll in den Einkaufswagen warf.

An der Kasse sang er für die Kassiererin ein Strophe aus

einem Shanty, ließ das Kleingeld liegen: »Glückspfennige« und schwebte mit seinen Einkäufen hinaus.

In den scharfen Kurven der Serpentinen konnte er sich kaum aufs Fahren konzentrieren. Hartnäckig trieben sich Gedanken an Afrika in seinem Kopf herum. Er hörte die Trommeln, die vielen verschiedenen Vogelrufe, empfand die Hitze, sah den Staub, die pflanzenüberwucherten Bäume, von denen graue Schlangenschnüre herabbaumelten, diese Lianen aus dem Urwald – die Berge mit den Gorillas, die im Nebel leben, sich von grünen, saftigen Blättern ernähren und sonst nur Balgereien kennen, um keine Zeit wissen, in der Langsamkeit ihres Seins.

Plötzlich erschrak er. Er hatte die Abzweigung verpasst und war dabei, in die Berge zu fahren. An einer Wendestelle hielt er an und stieg aus. Er schüttelte seine Beine, lief ein paar Schritte, legte sich ins hohe Gras und sah in den Himmel. Vor seinen schläfrigen Augen schaukelte in den Wolken ein Schiff mit einem Segel, das aussah wie eine blaue Pyramide.

Als er in der Dämmerung ins Haus kam, war es irgendwie leer, wie leblos, unbewohnt. Ronny trug alles in die Küche und rief: »Gloria!« Nichts. Nichts rührte sich.

Doch dann hörte er ein Knarzen, ein Geräusch wie von altersschwachem Holz, das droht, aus den Fugen zu krachen. Er ging hinaus auf die Veranda – da saß Gloria in seinem Schaukelstuhl und blickte aufs Meer. Rhythmisch stieß sie sich mit dem Fuß vom Boden ab und schaukelte.

Er setzte sich zu ihr und schaute ihrem Blick nach. Die Sonne war jetzt ein roter Ball und Gitarrenklänge flogen herüber von den Bananenplantagen, wo die Pflücker in Wellblechhütten hausten. Ronny holte seine Flöte und spielte in den Gitarrensound hinein. Gloria lauschte. Es war ein melancholisches Zusammenklingen all dieser Töne, die auf dem Meer ineinander flossen.

Nach einer Weile hörte Ronny ein brummendes Summen, es kam von Gloria. Er hatte gar nicht gewusst, dass sie musikalisch war. Aber er hatte seine Flöte auch gar nicht oft gespielt, eigentlich schon lange nicht mehr. Er legte sie beiseite und betrachtete Gloria liebevoll. Was sie wohl empfand, bei dieser Musik, die sie in ihrer Heimat nicht gehört haben konnte.

Gloria wand sich schwerfällig aus dem Stuhl, der alleine weiter schaukelte. Sie schlurfte über den Holzboden und hangelte sich die Treppe hinab. Den Sand mit jedem Schritt von sich spritzend, lief sie auf das Meer zu.

Als sie am Meeresrand stand, hielt er den Atem an. Sie ging weiter, hinein ins Wasser, wurde immer kleiner, streichelte die Wellen und versank.

Ronny sprang auf. Er rannte hinunter zum Meer, verlor seine Schuhe, knöpfte im Laufen sein Hemd auf – am Meeresrand angekommen riss er sich die Hose von der Hüfte und schmiss sich in die stummen Wellen.

Seine Arme paddelten wild durchs Wasser – irgendwann bekam er eine haarige Pfote zu fassen. »Gloria« schrie er »Gloria« und presste den Körper der Gorillafrau an sich. Wie Wellen umschlangen ihn die haarigen Arme und die schwarzen Lippen küssten ihn.

Bleichgesichter des Schreckens

Auf seinem neuen runden Bett wälzte sich Bert von einer Seite zur anderen. Es war nur ein Gedanke, den er mitwälzte: Geld – wie komme ich zu Geld?

In der Nacht hatte ihm sein Bruder Gunter eröffnet: »Auf unseren drei Studios sitzt der Pleitegeier – wir müssen expandieren, wenn wir nicht gesellschaftlich und als Gesellschafter abrutschen wollen!« Das fehlte noch.

Sein Leben jetzt war einzigartig und luxuriös! Champagner von morgens bis abends und Speisen beim Edelitaliener – everyday!

Und nun das!

Seine Hand fuhr suchend auf dem Bett herum und erkrabbelte eine Fernbedienung. Er schaltete die Videoleinwand ein. Es flimmerte ein bläuliches Bild auf: Blue Hawaii – Elvis lächelnd unter blauem Himmel, die Gitarre unterm Arm. Wie er sich von einer Meute junger Frauen streicheln lässt – im Hintergrund plätschert ein Wasserfall, der ein Sandbecken füllt. Elvis greift in die Gitarre, fängt an zu klimpern, öffnet seine geschwungenen Lippen und singt.

Bert verfolgte gespannt das Geschehen. Er fühlte sich gestreichelt von dem halben Dutzend leicht bekleideter Frauen. Beim leisen Singsang fielen ihm die Augen zu und sein Kopf sank friedlich zur Seite. Das Smartphone neben ihm bebte. Berts Hand tastete sich zu ihm. Gunter meldete sich:

»Kannst Du mal vorbei kommen? Ich muss mit Dir reden.«

Bert rollte die Augen zur Decke: »Ich bin gerade beschäftigt – dauert ein bis zwei Stunden.«

»Ich will, dass Du sofort ins Büro kommst, subito, hast Du verstanden?«

»Ich versteh ja noch Deutsch …«, maulte Bert.

»Aha, ich dachte schon, Du sprichst jetzt nur noch auf Aloahe an – also schwing dich in die Hufe – in einer halben Stunde bist Du zur Stelle!«

Gunter hatte aufgelegt. Bert brüllte nach Gorillamanier die Leinwand an, bevor er das vertraute Bild mit der Fernbedienung löschte. Es war ein missglückter Urschrei. Tatsächlich stand Bert eine halbe Stunde später vor Gunter, dessen Bauch auf einem Schreibtisch von gigantischen Ausmaßen lag. Engelsgleich umwallten blonde Locken seinen breiten Schädel, der über einem Blatt schwebte, das einsam auf seinem Schreibtisch lag.

»Ich wünsche …«

»Weißt Du Gunter, ich glaube, ich weiß, was Du von mir erwartest und ich bringe das …«

Bert zündete sich eine Senoussi an.

»Deine Versprechungen kenne ich, aber was Du sehr wahrscheinlich nicht kennst, ist…«

Bert entließ eine feine Rauchfahne, die an Gunter haarscharf vorbeizog. »Doch, doch – ich kenne den Zustand unserer Bilanzen, aber Du kennst mich nicht – ich bring das in Ordnung – lass mir eine Woche – dann ist alles geritzt.«

Gunter ließ ein kurzes Auflachen hören:

»Da bin ich ja mal gespannt! Eine Woche sagst Du? Mehr Zeit haben wir auch gar nicht – also los!«

Bert, der sich in einen der herumstehenden Chromstühle gesetzt hatte, stand betont langsam auf und ging zögerlich durch die Tür, als ob er etwas überlegte.

»30.000 Tonnen Mensch brauchen wir!«, blaffte der Engelsgleiche ihm nach.

Draußen lehnte Bert sich an die Wand. Oh Gott und lieber Himmel, was hatte er da bloß wieder versprochen? Jetzt wurde es ernst. Er musste sich was einfallen lassen. Ein paar Minuten später saß Bert auf einem Trainingsrad im Club, trat fleißig in die Pedale und besah sich die übrigen Pappnasen, die sich wie er abstrampelten. Es waren ein paar Männer und nur wenige Frauen. Eine lief auf einem Laufband, ihr ging fast die Puste aus.

Heute war Freitagnachmittag, ideale Fitness-Time! Wo waren sie, die, denen der Körper eine Last war oder die schlanke Silhouette über alles ging? Er sprang jugendlich vom Rad, trocknete sich ab und beschloss im Park zu joggen. Er brauchte jetzt frische Luft.

Im Park schlenderte er an attraktiv gemusterten Blumenrabatten vorbei, als er vor sich eine Gruppe junger Mädchen sichtete. Er folgte ihnen. Sie bemerkten es, kicherten, riefen sich etwas zu, drehten sich dabei immer wieder nach ihm um und stoben schließlich lachend auseinander. Er versuchte, eine zu erhaschen, sie entkam kichernd, eine andere wedelte mit ihrem Rock vor ihm herum und verschwand, als er nach ihr greifen wollte. Gelächter schallte aus Büschen, hinter Bäumen, und er wusste nicht, wohin sich wenden. Eine packte ihn, ihr Arm war hinter einem Baum hervor geflitzt. Bert entrang sich dem Griff, fürchtete sich und wollte flüchten. Sie tanzten jetzt im Reigen um ihn herum. Er versuchte den Kreis zu durchbrechen, es gelang ihm nicht. Er drehte sich im Kreis und fiel auf seine Knie. Sie umtanzten ihn, sangen und lachten. Bert kniff die Augen zusammen und hielt sich die Ohren zu.

Er sank in sich zusammen und regte sich nicht mehr.

Nach einer Weile, alles war still geworden, erhob er sich, blickte verstört um sich und wankte zum Gehweg hin. Es klingelte. Ein Radfahrer raste auf ihn zu. Er sprang zur Seite. Das war nicht sein Tag. Mechanisch lief er dem Ausgang zu. Er musste sich etwas einfallen lassen. Das ging nur zuhause. Mit Elvis.

Bert lief in einer Art von Galopp durch den Park, bis ihm eine Gestalt begegnete. Jung, sportlich, mit verstöpselten Ohren. Als sie an ihm vorbei lief, schaute er ihr nach. Die könnte doch ohne weiteres dasselbe Resultat auf einem Laufband erzielen. Er drehte sich um und lief ihr nach. Was sollte er sagen? Wie könnte er sie überzeugen? Sie bewegte sich schnell, er musste sich beeilen, wollte er sie nicht verlieren. Was würde Gunter machen? Bäh, Gunter könnte gar nicht Schritt halten mit der Joggerin. Sie war gerade hinter einer Buschhecke verschwunden. Er musste sie stellen, ihr etwas versprechen, damit sie sich noch heute im Studio anmeldete. Er dribbelte dicht an sie heran, war jetzt neben ihr, öffnete seinen Mund, prustete, sie schrie – er stolperte und fiel, sie war weg. Er hustete vor Anstrengung, rappelte sich auf und bekam plötzlich Nasenbluten. Dieses Organ war bei ihm am empfindlichsten. Er fand kein Taschentuch. Kurzerhand riss er ein Blatt von einem Baum. Damit rieb er sich an der Nase herum. Für heute hatte er genug. Sollte Gunter sich doch mal ins Zeug legen. Seit sein Bruder hinter seinem Riesenschreibtisch saß, war er im Chefmodus. Um alles außerhalb des Büros musste Bert sich kümmern. Er warf das rot gefärbte Blatt weg und schlug den Heimweg ein.

Auf seinem runden Bett streckte er alle viere von sich. Bevor er sich so richtig bedauern konnte, schlief er ein.

Am nächsten Tag saß er an seinem Küchentisch und sinnierte. Wenn die Frauen schon schrieen, sollten sie auch einen Grund dafür haben. Ihm tat ja schließlich alles weh. Der nächsten, der er begegnete, wollte er eine scheuern, so, dass sie ohnmächtig würde und er neben ihr säße, wenn sie aufwachte. Er würde sich als ihr Retter aufspielen, sie ins Studio bringen und sie dort eine Vorzugsmitgliedschaft unterschreiben lassen. Und dann könnte er ihr noch großzügig anbieten, ihre Freundinnen zu einem Sonderpreis aufzunehmen. Er rieb sich die Hände – bald würde er Gunter einen Stall voll Mädchen vorweisen.

Frischen Mutes zog er los. Er radelte in den Park und schon lief ihm eine Joggerin über den Weg. Heftig trat er in die Pedale, aber scheinbar hatte das Mädel das Gefühl, er wolle sie ummähen. Er wich ihr aus und landete im Straßengraben. Doch das war noch nicht alles – der Lenker war gegen seine Brust geprallt, vor Schmerz schrie er auf. Im selben Moment klingelte sein Handy. Am Boden, unter dem Fahrrad liegend, fingerte er es aus seiner Tasche. Er sah aufs Display und drückte. Gunter meldete sich. »Was willst Du von mir?«, krächzte Bert ins Handy. »Ja, was wohl? Frohnatur! Wie weit bist Du gekommen? Wie viel Tonnen Lebendfleisch hast Du schon gefischt?« Bert zwitscherte ins Phone: «Du glaubst gar nicht, was ich Dir liefern werde - Deine Augen werden vor Staunen auf den Tisch fallen, zu Boden kullern und ich werde sie Dir wieder reindrücken - das verspreche ich Dir!« »Versprich nicht zu viel – es könnte Dir ins Auge gehen.« Die Verbindung war unterbrochen. Bert stieß das Fahrrad zur Seite, quälte sich in den Stand und schüttelte den Staub von der Hose. Sein Plan war trotzdem gut. Er wollte nicht aufgeben, konnte nicht aufgeben – mit Gunter im Nacken. Die Lenkstange vom edlen Rennrad war verbogen. Er schob es und humpelte davon. Im Gehen summte er: »Ach gebt mir eine Gitarre… und legt sie mir mit in mein Grab …«

Er kam jetzt an dem Baum vorbei, von dem er das Blatt abgerissen hatte. Eine Wut ergriff ihn, da lief eine Joggerin leichtfüssig an ihm vorbei. Die sprossen ja nur so aus der Erde, vermehrten sich täglich - er musste wenigstens eine von ihnen bekommen. Er lief ihr hinterher. Sie drehte auf, lief um etliches schneller, er auch. Sie lief noch schneller, irgendwie musste sie erfasst haben, dass jemand sie verfolgte. Er lief und lief und – erreichte sie nicht. Stattdessen bekam er Seitenstechen. Er blieb stehen, japste und sah ihr hinterher, wie sie immer kleiner wurde und schließlich verschwand. So was. Er ließ sich auf eine Bank plotzen.

Er war erst 38 Jahre alt und hatte schon keine Kondition mehr. Aber Gunter – der wäre erstmal gar nicht so weit gekommen. Der hätte an dem Baum, dem jetzt ein Blatt fehlte, schon schlapp gemacht. Er lachte in sich hinein. Da ging in kürzester Entfernung eine hoch gewachsene ganz und gar verschleierte Gestalt an ihm vorbei. Ihn schauderte. Er hatte gehört, dass manche Lust verspürten, den Schleier zu lüften. Nie würde er verstehen können, warum Frauen sich so was antaten. Aber er war ja auch keine Frau. Grinsend schüttelte er den Kopf. Was er sich im Leben schon alles an Frauenschicksalen hatte anhören müssen – denn er war ja nicht unempfindlich gegen Frauen, die dem Drang nachgaben, aus ihrem Leben zu erzählen.

Aber wenn im Pool Frauen in Burkinis schwammen, kamen Anrufe noch und nöcher. Den Bikinifrauen war das zu unhygienisch.

Die Burka war weg.

Zeus sei dank. Er liebte die Sagen, die sich um ihn rankten. Er fühlte eine Art Seelenfreundschaft zu diesem großen Heiden. Als Heiden empfand er sich selbst auch - im Ozean von Christen, Juden und Muslimen. Religion wurde seit einiger Zeit aufgewertet. Früher war das mal anders.

Da pfiffen die, die jetzt aufwerteten, auf Religion. Und jetzt war die Partei, die sich nach der Farbe des Grases nannte, Vorreiter. Das konnte er beim besten Willen nicht verstehen. Über Nacht war in, was mal out war. Wie konnte man sich so den Hals verdrehen? Er drehte seinen und sah einen Mann auf sich zukommen. Normalerweise hatte Bert keine Angst, aber jetzt – er konnte nicht viel von ihm erkennen, hatte aber den Eindruck, dass der da nichts Gutes im Schilde führte. Etwas blitzte in seiner Hand auf. Bert stand auf und lief um einen Busch, einen weiteren, noch einen und versteckte sich im nächsten Busch. Er kniete nieder und verhielt sich mucksmäuschenstill. Er lauschte und hörte, wie der Verfolger umher schlich. Berts Herz klopfte. Er blickte zu Boden, es klopfte lauter. Er sackte zusammen. Nach einer Weile hört er nichts mehr.

Laut atmete er aus.

Auf seinem runden Bett sah er die Zimmerdecke über sich mit ganz neuen Augen an. Sie war sonderbar rosafarben. War das sein Werk? Oder das der Vorgänger? Er wusste es nicht mehr. Sein Smartphone klingelte. Gunter. Er legte die Bettdecke über das Klingeln.

Sollte der doch klingeln bis er schwarz wurde, blond stand ihm eh nicht. Bert griff nach der Fernbedienung und – fand sie nicht. Er hüllte sich in eine Rauchwolke, um sich zu beruhigen. Das war kein Leben – ohne Elvis.

Am nächsten Morgen lief Bert zum Zeitungsladen. Er hatte das Gefühl, etwas Wichtiges heute in der Zeitung zu lesen. Von weitem schon, schrie ihm eine Schlagzeile entgegen: Joggerinnen im Park bedroht! Er kaufte sich eine Ausgabe. Darin stand nur, dass ein unbekannter Mann im Park sein Unwesen treibe und versucht hatte, sich an Joggerinnen zu vergehen. Er schmiss die Zeitung in den nächsten Papierkorb und ging in die vom Park entgegengesetzte Richtung. In seiner Jackentasche beulte die Pistole, die er in der Küchenschublade gefunden hatte. Das machte ihn sicher. Vor einem protzig-süßlichen gründerzeitlichen Gebäude blieb er stehen und atmete tief durch. Er wusste nicht genau, was er sagen wollte – hatte so ein diffuses Gefühl, das ihn bis hierher geleitet hatte. Er läutete an einem goldenen Klingelschild und nannte nach einem barschen: »Wer da?«, seinen Namen. Von dem ächzenden Holzfahrstuhl mit grünlederner Sitzbank ließ er sich nach oben tragen. Ein Flügel der breiten Eingangstüre war angelehnt. Bert ging durch einen dunklen Gang, dessen Ende ein Licht erhellte.

Er steuerte auf eine halb geöffnete Tür zu und betrat einen Raum, den er selten genug aufgesucht hatte. Es herrschte eine unheimliche Stille. Bert war überrascht.

Gunter war beschäftigt. Bert blieb nichts anderes übrig, als zuzusehen. Das hatte er bald satt.

»He Gunter – ich möchte mal wissen, wie Du eigentlich Akquise betreibst? Gehst Du los und haust Leute auf der Straße an? Na – wollt ihr nicht Fitness in einem klasse Studio machen, euch ertüchtigen, eure schlaffen Quallenkörper in eine Fasson bringen?«

Gunter blieb eine Antwort schuldig. Er ließ Schmatzlaute vernehmen, die bei Bert wie Grunzlaute ankamen.

Der Engelsgleiche hing über einer schwarzhaarigen Braut hinter seinem Schreibtisch – wie er das schaffte mit seinem Bauch – na ja.

»Gunter – ich glaube nicht, dass es Dir ernst ist mit der Frau – also lass uns gleich zur Sache kommen!«

Gunter lachte: »Zur Sache Schätzchen – bin schon dabei!«

»Gunter hör jetzt auf mit den Schäferspielchen, lass sie von dannen ziehen, ich will was Wichtiges mit dir besprechen.«

Gunter hatte seinen Kopf tief in der Schwarzhaarigen versenkt – mit ihm war nicht zu reden. Bert ging zu ihm hin, die Hand über der verbeulten Tasche, mit der anderen griff er in seine Hosentasche...

Da plötzlich reagierte Gunter – er zog seinen Kopf aus der Schwarzhaarigen und rief Bert zu:

»Plustere dich bloß nicht so auf, ich habe eine Mitteilung für dich …«

Jetzt regte sich Bert auf:

»Mitteilung? Du? Du hockst dich doch von einem Sessel in den anderen! Die reale Arbeit mache doch ich!! Im Studio und draußen ...«

»Jetzt hör mir mal gut zu – Jüngelchen – ich liebe dich als meinen Bruder, aber als Geschäftspartner bist Du eine Null – Zero!«

»Das kannst du gar nicht beurteilen, du...«

Gunter grunzte: »Mitteilung!«

»Lass hören...«

Gunter streichelte die Schwarzhaarige mit seinen Händen und mit seinen Worten Bert:

»Ich hab verkauft! Wir sind frei von Schulden!« Bert fragte verstört: »Was hast Du?«

»Du hast es doch gehört – die Studios sind verkauft.«

Bert fiel in einen Stuhl: »Wann?«

»Gestern.« Kam zackig die Antwort.

»Wie viel?« Bert beugte sich vor, seine Augen wurden groß.

»Nach Abzug aller Verpflichtungen etwa ... 50.000...«

»Das ist viel zu wenig.«

»Wir müssen was Neues aufziehen.«

»Nicht mit mir!«

»Was willst Du sonst machen? Hast Du Ersparnisse?«

»Wie denn? Bei dem Gehalt?«

»Ja, dann tut's mir leid. Ich brauche den Erlös für einen Neuanfang.«

Gunter wandte sich wieder der Schwarzhaarigen zu, die wartend in seinen Armen lag.

Jetzt zog Bert eine Schere heraus, stürzte sich auf Gunter, der erstarrte, ließ die Schwarzhaarige los, die fiel zu Boden. Bert schrie: »Du verrottetes Bündel Halblust« packte seine Haare und schnitt und schnitt Bündel davon ab, Gunter versuchte Berts Hand zu greifen, da zog Bert seine Pistole und richtete sie auf Gunters Stirn. Gunters Hand fiel schlaff herab und Bert schnitt weiter bis Gunter die Hälfte seiner Haarpracht fehlte. Bert steckte die Pistole ein und zog einen Spiegel heraus. Der Engelsgleiche erbleichte. Die Fetzen von Haaren, die schief um seinen Kopf hingen, standen ihm nicht gut zu Gesicht.

Bert äffte Gunter nach: »Wir müssen was Neues aufziehen! Mach das – Du bist bestens gerüstet!«

Aus dem Fransengesicht röchelte Gunters Stimme:

»Warum hast Du eigentlich nicht die vielen Joggerinnen abgefangen, die im Park einem Serienmörder mit knapper Not entkommen sind?«

KRYPTISCHES

Die Bergwanderung

Der Wald war dicht und dunkel, die hohen Tannen ließen kaum Licht hindurch. Der Pfad, auf dem Bruno wanderte, war gespickt mit Nadeln und Zapfen.

Er folgte willig dem schmalen, sich schlängelnden Weg. Abseits, an einer kahlen Stelle, verließ er ihn, stapfte über den weichen Untergrund ins Unterholz und ließ sich aufatmend auf den Moosboden fallen. Zärtlich streichelte er den grünen Teppich und blinzelte in den Sonnenstrahl, der ihn durch eine Lichtung erreichte. Froh, dem Getümmel der Stadt entkommen zu sein, überließ er sich den vielen Geräuschen, lauschte selbstvergessen.

Wann hatte er das letzte Mal im hohen Gras gelegen, den Blick zum Himmel, auf die ziehenden Wolken gerichtet – im Tanz der Derwische taumelnd sich vom Boden abgehoben?

Am Ende der Lichtung ragte das Skelett einer Tanne in die Höhe und am blanken Himmel ließ sich die Mondsichel sehen. Der Rhythmus von Mond und Sonne, die im Wechsel nacheinander Städte, Wälder und Berge beschienen, kam ihm so traumhaft wie gnadenlos vor: die Natur ist kreativ – sie inszeniert und zerstört sich, wie wir, dachte er. Ihn fröstelte.

Er stand auf und machte sich wieder auf den Weg. Nach ein paar Schritten kam er an einem Kreuz vorbei und blieb stehen. Bekränzt mit frischen Blumen, sah es so aus, als hätte es jemand zur Erinnerung hier aufgestellt. Unwillkürlich fiel ihm sein erstes Reinigungsritual aus seinen Jugendjahren ein. Als er sich in der Welt einsam fühlte, sich nicht auskannte, auf der Suche war.

Er dachte an das Auftauchen des weisen Buddha-Mannes, der seinen Fragen einen geheimen Sinn unterlegt und seinen Gedanken Richtung gegeben hatte.

Weit lag es zurück und lange schon war er unterwegs.

Weiter wanderten seine Gedanken nicht – als er hinter sich ein leichtes Keuchen hörte. Er blickte sich um und sah einen jungen Mann, der hastig näher kam. Bruno lief einfach weiter.

Als der Junge auf gleicher Höhe mit ihm war, musterte er ihn kurz. Was er sah, machte ihn missmutig. Das frische, gerötete Gesicht, der durchtrainierte Körper, der elastische Gang, das alles erregte seinen Neid. Der Bursche trug einen Rucksack, war salopp gekleidet und hatte seine Ohren verstöpselt. Er sah Bruno prüfend von der Seite an und ging zügig an ihm vorbei. Bruno musste seine geballten Fäuste in die Tasche stecken, damit sie nicht auf den Jungen einschlugen. So voll Zorn war er plötzlich und warf ihm einen verächtlichen Blick hinterher. Er hasste diese moderne Jugendlichkeit, die sich auf sich selbst etwas einbildete.

Er war wie ein Pfeil durchs Leben gesurrt, abgeschossen von einer unbezähmbaren Neugier auf alles.

An der nächsten Wegbiegung wartete eine Überraschung auf Bruno. Der Junge lag reglos am Boden. Er musste über eine Wurzel gestolpert sein und hatte sich den Fuß angeknackst oder verrenkt, jedenfalls konnte er nicht mehr ohne Hilfe aufstehen. Bruno besah sich ungerührt den gekrümmten Körper. Das geschah ihm recht und befriedigt lief Bruno weiter, mit Gliedern, wie von einer Puppe.

Zum Gipfel war es nicht mehr weit, und ihm war, als warte dort oben etwas auf ihn. Nach ein paar Schritten legte sich seine Wut und er spürte Mitleid, dachte, so einfach könne er ihn doch nicht allein und hilflos im Wald liegen lassen. Er kehrte um und lief das kleine Stück Weges zurück. Der Junge lag noch immer reglos am Boden, wie betäubt. Bruno legte seinen Rucksack ab, beugte sich zu ihm herunter, griff unter seine Arme und versuchte ihn hoch zu hieven. Der Junge wehrte sich, schlug nach Bruno, der umso fester zugriff. Sie verwickelten sich in eine Ringerei, jeder verbiss sich vor Wut in den anderen. Sie keuchten, wälzten sich in den trockenen, braunen Tannennadeln, bis einer von ihnen aufschrie, eine widerständige Baumwurzel hatte sich in seinen Rücken gebohrt. Der Junge löste sich aus Brunos Armen und schrie ihn an: »Vergreifen Sie sich ja nicht noch einmal an mir!« Bruno ächzte, wälzte sich zur Seite: »Undankbarer Lümmel« krächzte er und krabbelte auf allen Vieren hin zu einem Baum, den er umarmte. Aufatmend klammerte er sich an ihn. Ruhte aus. Dann zog er sich langsam hoch, lehnte sich gegen den Stamm und wartete bis die Schmerzen nachließen. Der Junge lag noch immer am Boden, neben ihm Brunos Rucksack. Sollte er doch sehen, wie er von dort weg und nachhause kam. Bruno wankte auf den Weg und schleppte sich mühsam weiter, den Rucksack brauchte er jetzt nicht mehr.

Es wurde hell und er kam auf eine blühende Wiese. Geblendet blieb Bruno stehen. Er machte eine Verschnaufpause und sah sich satt an Sauerampfer, der sich bündelte zwischen fetten, grünen Grashalmen, neben Löwenzahn und Margeriten. Dankbar schnupperte er die würzig-kühle Luft.

Der Gipfel war in Sichtweite.

Plötzlich fiel ein kurzer Regenguss. Mit Lippen und Zunge fing er die Regentropfen auf, zog seine Kapuze über, lehnte sich an eine einsame Tanne, suchte seine Zigaretten. Er stellte sich unter das schützende Blätterdach, rauchte und schnappte nach Luft.

Weiter oben war nur noch Luft, reinste Luft und unendlich der Himmel, dort könnte Er doch stehen, oder Sie – die mystische Gestalt, die nur auf ihn wartete. Der Rauch qualmte aus seinem Mund, floh in die Berge. Seit der Kehlkopf-Operation sprach er mit einer künstlichen, schnarrenden Stimme, ohne Klang, die er so wenig wie möglich hören ließ. Schon lange hatte er nicht mehr gesprochen, hatte es fast schon verlernt.

Damals, als er sich eine Frau wünschte, eine, die ihn verstehen könnte und dabei aussähe wie Marilyn Monroe, da war sie, die eine, sie – die überraschend an der nächsten Wegbiegung stand und dann mit ihm die Weichen für sein weiteres Leben stellte. Dahinter steckte doch etwas, aber was? Jedenfalls etwas, das er damals noch nicht sehen konnte.

Er war jetzt oben angelangt. An einem Felsblock ließ er sich nieder gleiten, hier wollte er ein letztes Mal rasten...

Es gibt Menschen und Erlebnisse die man vergisst – vergessen will, aber eines konnte, wollte, hatte er nicht vergessen: Das zweite Reinigungsritual. Das vermaledeite Kunststudium. Er hatte genug, wollte nicht mehr funktionieren und in einer Nacht schrie er in einer Kneipe die Wand an:

»Aus – Ende – ich fliege morgen weit weg!« Da setzte sich neben ihn eine Frau, die sprach: »Ich fliege mit! Wir sind zu dritt.« Sie sah aus wie eine indianische Squaw, mit dunklen Augen, stolzem Gang – und mit ihr und ihrem kleinen Kind zog er los. Auf Kreta mieteten sie sich eine Bruchbude, er reparierte sie, flickte den Zaun, sie kochte, das Kind spielte. Er befreite sich von der verhassten Kopfarbeit und sie verarbeitete den Verlust ihres Mannes, der Schlagzeuger in einer Heavy-Metal-Band war. Eines Nachts hatte er sich an der Klostrippe eines Musik-Clubs erhängt, voll mit Drogen.

Die Begegnung mit dieser Frau war wie herbeigerufen. Mit ihr war es wie ein Reden im Schweigen. Schwerelos und unergründlich. Teresa.

Doch schon nach einem Jahr war alles vorbei.

Hinter ihm raschelte es. Bruno sah hin. Es war der Junge – er kroch auf Händen und Füssen auf ihn zu. Was wollte er von ihm?

Der Junge stockte und blieb jetzt in einiger Entfernung sitzen.

Sie musterten sich gegenseitig wortlos. Dann robbte der Junge weiter auf Bruno zu. Bruno stand auf, ging ein paar Schritte und schaute in den Abgrund. Weit öffnete er seinen Mund und hauchte in das entfernte, unsichtbare Tal: Szenenbildner bin ich geworden – habe die Welt in Bilder zerlegt… Der Junge saß angespannt neben ihm. Bruno haspelte sein Leben herunter: Rasend schnell ging es durch die Welt mit reichlich Frauen, verrückten Filmszenen an der Côte d'Azur, auf Island, den Philippinen; endlose Nächte auf Kreta – irrsinnige Strandvögeleien und lange Gespräche, alles Stoff für mehrere Leben. Ich hab getan, wozu ich Lust hatte… und… ich bin ein Lexikon, eins, das es nicht mehr gibt, ein sinnliches… aber – die einzige Frau, auf die es angekommen wäre, die mich verstanden hat, habe ich ziehen lassen. Mein Leben hatte keinen Sinn – ich bin verflucht – auf ewig!!! In seinen Gedanken rief das Echo zurück: Ewig, ewig, ewig … Als er es nur noch ganz schwach hörte, übertönte etwas Raschelndes das Echo.

Der Junge neben ihm, reglos, wie ein Indianer, rückte etwas von ihm ab und sah ihn an, wie etwas Vertrautes, Gekanntes.

Der Junge hatte seine Jacke verloren oder ausgezogen. Er trug eine Kette um den Hals mit einem Anhänger. Blitzartig stand sie vor ihm. Diese Kette hatte er i h r um den Hals gelegt, die jetzt seinen umringelte wie eine Schlange.

TERESA – dachte er in das brennende Gesicht des Jungen hinein. Der sah ihn ernst an. Bruno war ganz still. Plötzlich röchelte er in die Stille: »Wo ist sie – jetzt?« Der Junge antwortete: »Das sag ich nicht.« Bruno griff nach seinem Arm: »Warum – nicht?« Der Junge wehrte sich, schlug nach Bruno, der umso fester zugriff. Sie keuchten, wälzten sich auf dem harten Grasboden, bis Bruno nachgab. Der Junge löste sich aus Brunos Armen. Bruno ächzte, wälzte sich zur Seite und blieb regungslos liegen. Der Junge saß still neben ihm. Nach einer Weile regte sich Bruno und lehnte sich gegen den Felsen: »Aber warum…« Der Junge unterbrach ihn: »Sie haben sich aus dem Staub gemacht.« Bruno rutschte langsam an dem Felsen hoch, bis er wieder stehen konnte: »Deine Mutter – sie hat mich verlassen…« krächzte er. Der Junge fragte: »Warum?« Bruno schwieg. Der Junge blickte stumm in die Ferne. Bruno folgte seinem Blick und sah, was der Junge sah. Ein riesiger Feuerball senkte sich – so langsam wie eine ungezählte Stunde – vom Himmel herab, schob sich über einen Horizont, der so weit war, dass er endlos schien. Bruno, von einer leichten Melancholie erfasst, dachte: Da ist er, der Untergang des Tages – einzigartig und nie mehr wiederkehrend…

Der Junge sah ihn von der Seite an, als ob er hörte, was Bruno dachte. Bruno blickte nach unten, dunkle Augen schwebten vor seinem Gesicht.

Vielleicht war dort irgendwo ein glitzernder See – einer jener Bergseen, die kamen und verschwanden. Plötzlich waren sie da für eine Weile und eben so plötzlich waren sie weg – wie… Bruno suchte nach einem treffenden Wort, fand es aber nicht. Er konnte auch keinen Bergsee erblicken. Das hatte er gewollt: Schwimmen mit den Fischen, ein letztes Mal.

Bruno stand auf, da erhob sich auch der Junge. Leicht taumelnd richtete er sich an Brunos kräftiger Gestalt auf. Bruno suchte den Himmel nach dem Mond ab. Der verbarg sich hinter Nebelschleiern. Bruno suchte in seiner Erinnerung nach einem Bild. Dann drehte er sich zu dem Jungen um. »Lebt sie noch?«

Seine Augen schmerzten auf einmal und er schloss seine Lider. Schwer nur trennte er sich von dem Anblick der untergehenden Sonne. Der Junge presste die Worte heraus: »Du bist ... Sie hat Dich ...«

Bruno öffnete die Augen und presste seine Hand auf den Mund des Jungen. Da flog auf einmal eine Wolke auf sie zu. Bruno schien ihr ausweichen zu wollen, er schwankte, da stieß der Junge ihn in den Rücken. Instinktiv klammerte sich Bruno an den Jungen, zusammen schwebten sie – um Bruno war eine große Ruhe, er spürte nichts mehr, das Sein war jetzt eine einzige Bewegung, ein letzter Schnörkel. TERESA.

Die dritte Begegnung

Sie sahen sich wieder, als draußen der Schnee fiel. Simone hatte bei der letzten Begegnung über ihr »vertanes Leben« lamentiert, und befunden »ich habe mich zuwenig den Sachen verschrieben, die mir wirklich wichtig waren«, »habe viel zuviel Zeit verstreichen lassen«, und »keine Energie auf eine Karriere in Wissenschaft und Lehre verwendet«. Zuletzt bekannte sie in einem Aufschrei »auch habe ich mich der Kunst nicht zugemutet«. – Katja war davon gründlich genervt und hatte vor sich hin geflüstert: »Und wenn ich so denke, dass gestern ein Tag war, wie heute einer ist und morgen einer sein wird…« Das hatte Simone überhaupt nicht gefallen, sie fühlte sich von der neu eroberten Freundin nicht genügend ernst genommen: »Kann man nicht einfach einmal sagen, was man denkt?« Katja entgegnete als Feministin: »Man denkt? Was glaubst Du – welche Möglichkeiten sich Dir noch eröffnen werden, schließlich bist Du keine 90! Du hast noch viele Jahre und Menschen vor Dir – lass das Jammern und Klagen … und überhaupt man – wer ist hier man?«

Da war Simone beleidigt, wie viele Male zuvor schon.

Sie sitzen im Erker bei Tee und Petit Fours. Katja steht auf und geht zum Schreibtisch: »Darf ich?« Eifrig kramt sie in einem Karton mit Bildern und schriftlichem Plunder von BE & KA. Schließlich greift sie aus dem Bücherregal ein schmales Bändchen heraus, blättert darin, formt mit den Lippen: »Ich habe jetzt den unweiblichen Wunsch mich in ein wildes Schlachtgetümmel zu werfen!!« –

Simone, die sich in einer defensiven Ecke fühlt, tritt ans Fenster, der Abendschein lässt nur noch wenige Konturen erkennen.

Katja geht zum Tisch und zündet Kerzen an. »Hast Du Hunger? Soll ich ein paar Brote machen oder willst Du Spaghetti essen?« Simone schüttelt resigniert den Kopf. Sie ist abwesend und anwesend zugleich. Sie murmelt: »Eine dumpfe Stimmung ist in meiner Seele…« Katja bläst das Zündholz aus: »Quäl Dich doch nicht so…« und schaut mitfühlend auf Simone.

Auf dem Tisch steht eine Karaffe mit Wasser, Simone gießt etwas davon in ein Glas. Katja erlaubt sich eine Frage: »Wie lange ist sie denn schon tot – Deine Günderrode?« Simone haucht: »Schon mehr als 200 Jahre.« Katja sieht sie geheimnisvoll an: »Vielleicht bringe ich das nächste Mal eine Flasche aus meiner Hausbar mit und wir stoßen auf Deine tote Freundin an!« Simone wehrt ab: »Ich trinke nicht, höchstens ein Gläschen Rotwein, manchmal«.

Katja verwundert: »Auch bei Regen?« Statt einer Antwort steckt Simone den Kopf ins Bücherregal. Katja deklamiert, das schmale Bändchen in der Hand: »Auch ich war in Arkadien – ach, die Gedichte der Günderrode – ich möchte sie küssen. Sie sind Seelenspeise.« Simones Interesse erwacht: »Welches meinst Du speziell?« Katja nennt den Titel: »Die Bande der Liebe«, dies Gedicht hat mir Träume an meine Liebe, an Jonathan wieder erweckt.« Simone dreht sich heftig um: »Duu warst mit einem Mann zusammen?«

Sie beißt sich auf die Lippen. Katja lässt sich nicht irritieren: «Vielleicht? – Und warum auch nicht?« Träumerisch deklamiert sie: 'Wandeln im Dämmerschein, freu'n sich des Daseins noch – und – und ich hauche die Kraft der Jugend dann in den Schatten'«. Simone, die Katjas dahin gesummte Worte leicht mit ihren Fingern als Taktstock begleitet hat, ist irritiert: »Heißt das wirklich so? Ich kann mich daran nicht erinnern …« Katja nickt und deklamiert geschliffen weiter: »Diese Zweigeteiltheit, die wie ein Spalt nur sich öffnet, ohne in verschiedene Richtungen auseinanderzustreben.« Sie lässt ihre Stimme ausklingen: »Es ist so angenehm, im Widerspruch gefangen zu sein, wenn die Aussicht auf Sicherheit im Unsicheren besteht.« Sie schweigt, ergriffen von ihren melancholisch dahin gesprochenen Worten. Simone erregt sich: »Die Stelle ist doch ganz anders, das stimmt doch gar nicht!« Katja beschwört Simone: »Man muss etwas in sich anklingen lassen …«. Simone besinnt sich: »Mein Lieblingsgedicht war gleich beim ersten Lesen »Piedro«: »,Dunkel ruhet auf den Wassern, tiefe Stille weit umher, Piedros Schiff nur teilt die Wellen, seine Ruder schlägt das Meer'. Es ist zwar sprachlich nicht sehr gelungen – wie überhaupt die Günderrode wenig Wert auf stilistische Überarbeitung gelegt zu haben scheint, doch die Geschichte ist toll!« Katja pflichtet ihr bei: »Sehr pathetisch, aber umwerfend!« Simone kommt in Fahrt: »Kennst Du die Geschichte? Sie geht so: Als Piedro den Feind erschlägt, zieht es ihn hin zu dem sterbenden Gegner und er küsst ihn leidenschaftlich. Die Braut, erleichtert über ihre Rettung durch den Geliebten, will ihn in die Arme schließen, doch er hat nur noch Augen für den Toten. ,Und er mag sie nicht mehr schauen, – ihre Liebe ist ihm Pein. Tief versenkt nur im Betrachten des Gestorbenen mag er seyn'. Am Ende befreit er sich von seinen Wundverbänden und haucht auch sein Leben aus: ,Dunkel ruhet auf den Wassern, tiefe Stille weit umher, Piedros Schiff erreicht die Küste, aber er – schläft tief im Meer.'«

Katja, etwas überrascht: »Aber hallo! Das ist ja eine Tragödie mit Liebesobjektwechsel. Hast Du einen solchen eventuell vor?«

Simone entschuldigend: »So hab ich das ja noch gar nicht gesehen… das Pathetische hat mir vielleicht den tieferen Blick verstellt?«

Katja schmunzelt: »Ja – siehst Du, etwas klingt an!« Sie legt sich aufs Sofa: »Ich werde müde.« Simone kniet sich neben sie: »Wenn ich es mir recht überlege, könntest Du mir gefallen!« Katja spricht aus dem Dunkel, in das sie fallen wird: »Ja, so hätte es die Günderrode ausgedrückt, aber Bettine – hätte sie es geglaubt?«

Schnee fällt.

Wo die Nachtigall stört ...

Sie lag im Bett, nebenan im Wohnzimmer telefonierte Olga. Es war mitten in der Nacht. Lena lag da und konnte nicht einschlafen. Sie entschloss sich, auf etwas zu warten, lauschte Olgas Stimme. Was sie hörte, war nicht nur eine – Stimme, es war ein ganzer Kanon. Olga lachte perlend, ihre Stimme sirrte und girrte. Es klang wie eine Operette. Lena hielt mit ihren Augen die Dunkelheit fest. Mit wem trieb es Olga am Telefon? Sie setzte sich im Bett auf, versuchte etwas zu verstehen. Olga siezte jemanden. Wer war das? Wer wollte etwas von Olga? –

Sie wollte etwas von Olga, gleich nachdem sie ihr zum zweiten Mal beim Friseur begegnet war und sie sich beide über Olgas drollige zuckerwattige Föhnfrisur amüsierten. Sie lachten und lachten und verabredeten sich prustend auf einen Kaffee. Lena wartete, bis Olga auch etwas von ihr wollte.

Olga war eine ruhige, schöne Frau mit Vergangenheit und einem hochdotierten Posten als Managerin eines Kaufhauses. Lena hingegen war ein Energiebündel mit wenig Glück im Berufsleben, das von einer Beziehung in die nächste tanzte und bei Olga hängen geblieben war.

Lena gab einem Drang nach, stieg herunter vom Hochbett und landete in einer vertrackten Geschichte. Im Schlafanzug schlich sie hinaus auf den Gang. Sie zog die Gardine hinter ihren Augen zu und lief durch den Flur. Als sie an der Garderobe entlang streifte, knallte ihr der Kleiderständer ins Kreuz, fiel krachend zu Boden. Olgas Stimme verstummte und erklang dann aufs Neue, wie gewarnt und daher neutral. Lena öffnete die Türe, dort saß Olga im warmen Gelb der Stehlampe. Sehr gemütlich. Olga saß da, starrte sie an, es war ihr sichtlich unbehaglich. Lena setzte sich ihr gegenüber an den runden Esstisch – wie ein Gespenst – eine unerwünschte Anwesenheit.

Damals, nach Lenas Geburtstagsfeier war Olga als Letzte bei Lena geblieben, sie saßen nebeneinander am Tisch – Lena hatte noch irgendwo eine Flasche Cointreau gefunden und während sie ihre Gläser hoben, ein ums andere Mal – war es unausweichlich, dass sie sich immer begehrlicher ansahen.

71

Jetzt verlor Olgas Stimme das Laute, verlor an Farbe, Höhe und Tiefe – ihre Stimme erinnerte an einen Hund, der nach wilder Jagd an die Kette kommt und alle Aufregung in kurzen Atemstößen aushechelt. Sie wich Lenas Blick aus, suchte etwas hinter den Fensterscheiben, die mit kostbaren Stoffen verhangen waren.

Die Worte kamen jetzt nur noch tropfend aus ihr, schließlich entglitt ihre Stimme dem Hörer vollends, hastig beendete sie das Gespräch.

Als schließlich zwischen ihnen alles klar war, war es auch schon Ostern und sie fuhren in Olgas Wagen nach Italien. Während der Fahrt hielt Olga Lenas Hand zusammen mit dem Steuerknüppel, an ihrem Gelenk hing eine Kette, die weit genug war, beide Hände zu umschlingen. In diesen Ferien spürte Lena eine Anziehungskraft, von der sie glaubte, einmal geträumt zu haben. Ihr war, als sei sie wie eine Fliege in der Venusfalle gefangen. Überall süße Düfte, die sie betäubten.

Wild blickte Lena auf Olga – angestachelt von den Schreien der Katzen in der Nacht. Olga wirkte jetzt ganz verstört. Angstvoll schob sie sich mit dem Stuhl weg vom Tisch über den Teppich, stieß an eine Palme, fixierte Lena, die sich auf der Tischkante abstützte und – gleichfalls aufstand.

»Wer war das?« – Der Satz sprang Olga an wie ein Panther. Olga zuckte zusammen, bog sich zurück und setzte ihren barocken Leib in Bewegung. Lena schoss auf Olga zu. Olga entwich und wurde schneller – Lena rannte ihr nach – um den runden Tisch.

An diesem Tisch hatten sie auch gesessen, als Olga ihre Vergangenheit enthüllte, während Lena, in sich gekehrt, mit ihrer Hand die glasierte Nussbaumtischfläche polierte. Als sie noch ein Backfisch war, hatten sich Olgas Eltern scheiden lassen. Darunter litt Olga, die beide liebte.

Hat es sich tatsächlich so abgespielt? In Lenas Erinnerung überwiegt die tobende Kraft ihrer Empörung. Als sich herausstellte, zu wem Olga gesprochen hatte, verflog Lenas Ärger nicht, nicht ihr Misstrauen, nicht ihre Kränkung, ihr Sich-hintergangen-fühlen. Nichts war mehr so, wie es war. Lena war schon so geladen, dass sie explodieren musste.

Wie weit zurück lag die erste Nacht im Gästezimmer, damals, als sie mit Olga im Himmel war und blitzartig wusste, die Hölle lag vor ihr. Die Hölle – ja, da war sie. Wann war Lena jemals erotisch so erregt? Und so fern davon, zu bekommen, was sie begehrte?

»Pass auf die Palme auf!« – Olga bleibt heftig atmend stehen. Ach, ja die Palme – sich großbürgerlich, großspurig fühlen in aparter Kultur – Ausbruch aus Provinz und Spiesserei in die Exotik ferner Länder – im Lendenschurz am Strand sich wälzen im Sand... sie stürzt sich auf Olga, die wehrt sie ab, heftiges Gerangel, beide reißen sich neben der Palme auf den Teppichsand. Von hier aus geht's nicht mehr zurück ins Paradeis der Wollust, ins Versinken im weichen, warmen Fleisch der Anderen.

Olga presst Lenas Arme an den Boden und bannt sie mit bösem Blick dort fest. Lena sinkt tief hinein in den weichen Teppich. Oh stimm mich ein Du ew'ge Macht des Eros! Lena hält den Kronleuchter für die Sonne. Sie gibt nach. Olga knöpft Lenas Hose auf, schiebt ihre spitze Hand durch den Schlitz. Lena fasst nach ihr – nach ihrem weißen rustikalen Oberarm, doch Olga stößt sie mit harter Hand zurück.

Olga öffnet die Tür, geht in den Flur und spricht in die Gegend:

»Lena ist eine unmögliche Person. Sobald ich mich um mich kümmere, mit einem Mann telefoniere, der mir einen Job offeriert, den ich dringend brauche, ist sie wie von der Tarantel gestochen und macht mir eine Szene. Wie – ich mit jemandem rede – das muss sie schon mir überlassen. Und außerdem: Sie saß mir vorwurfsvoll gegenüber, mich mit bösen Blicken traktierend, ich komme aus der Textil-branche und sage deswegen: Zwangsjacke.«

Lena läuft ihr nach:

»Wie – Du mit jemand redest? Merkst Du denn nicht, wie Du dem Pinselschwenker eingeheizt hast? Wie eine Katze, die sich Milch erbettelt. Wie eine, die den Thron-sessel umschlängelt. Wie Anjelica Huston als Mutter der Addams-Family, deren Stimme alle Männer dieser Welt anlocken und um den Verstand bringen soll!«

Olga ist in der Küche angekommen und ruft in die Töpfe:

»Ja – Du! Du – kennst ja die Welt – und vor allem meine – in der ich bestehen muss...«

Lena braust noch einmal auf:

»Hör auf – das kenn ich schon – die ewige Leier – mei-ne/deine Welt und die Dinge...«

Olga lässt das Wasser laufen:

»Kann man mit dir...«

Lena hält ein Glas darunter:

»Ja, man kann....«

Olga dreht den Hahn ab:

»Nein...«

Lena trinkt und prustet:

»Doch....«

Lena vermutete, dass Olga ihren Mann mit Lenas Existenz unter Druck gesetzt hatte, anfänglich weniger, später mehr, so dass sie jetzt seine Wiederkehr ins heimische Reich erwartete. Lenas Geist taumelt.

- Ich will mich nicht mehr daran erinnern – an das Ende, den langen Abschied.
- Das solltest Du aber. Es ist die Chiffre vom Ende einer Zeit, die Du völlig bewusstlos durchlaufen hast. Die Chiffre für Deine letzte Beziehung in der Du Dich wieder nicht bemüht hast, keine Beziehungsarbeit geleistet hast – nur genommen und gefordert hast!

Das war nicht Olga – das war sie selbst. Sie war dabei, ihr Instrument aus dem ewigen Jammerspiel zurückzuziehen.

Aufrecht lag sie im Bett. Auf den Knien durchblätterte sie ein Album mit Hochzeitsfotos von Olga. Im veilchenblauen Kostüm. Wie Olga nach der ehemännischen Hand greift, sie umschlingt. Lenas Laune sank. Sie hörte Olga mit jemandem sprechen. Jetzt – zu dieser Zeit? Lena kletterte vom Hochbett, schlich durch die Tür, den Gang entlang, die Wohnzimmertür stand offen – Olga saß gemütlich am Tisch, die Beine auf den Stuhl gelegt, ihre Stimme wurde leiser. Lena setzte sich Olga gegenüber. Olga verabschiedete den Hörer. Es musste ein Mann sein. So – sprach keine

Frau mit einer anderen. Das ist also der Preis fürs Paradies aus dem uns die Zeit schon lange verjagt hat. Schweigend saßen sie einander gegenüber. Vor ihnen lag eine von vielen Nächten mit abnehmendem Sternenglanz.

AUSGEFALLENES

Mami – get your gun

Nie wollte ich meine Mutter als Tote sehen. Deshalb ging ich mit einer Freundin in ihr leeres Sterbezimmer, wo wir eine Zeitlang im Schein einer Kerze saßen. Sie war vier Stunden nach meinem letzten Besuch gestorben. Vorher hatte ich ihr noch eine schwäbische Landschaft übers Bett gehängt. Sie wollte nicht trinken und ich hatte ihr zugeredet wie einem störrischen Kind. Danach ließ ich sie allein.

Die Beerdigung sollte eine Billigbestattung sein. Nachdem meine Mutter abgeholt worden war, übergab man mir ihren Ehering, den sie wegen einer Knöchelverdickung ihr Leben lang nicht mehr abbekam. Es war der Verlobungsring ihrer besten Freundin, die kurz vor ihrem Tuberkulose-Tod von ihrem Verlobten verlassen worden war.

Meine Mutter kam in eine hübsche Urne mit einem gelben Blumengesteck. Sie sollte um zehn Uhr unter die Neuköllner Erde kommen. Ich hatte ein paar Freunde, auch zum späteren Leichenschmaus, geladen. Wir liefen mit einer roten Rose in der Hand über den entseelten Friedhof. Kein Mensch – keine Bewegung. Ich rannte aufgeregt zum Verwaltungshäuschen. Zwar wies mich die Tafel ab »keine Sprechstunde heute« dennoch klopfte ich. Die Tür öffnete sich und ich erhielt die Auskunft: »Ihre Mutter? Aber sie wurde doch schon um 9.00 Uhr bestattet!« Jetzt ging alles sehr schnell. Der Totengräber erschien und erklärte, er habe extra noch eine halbe Stunde gewartet, aber nach seiner Erfahrung kämen kaum noch Angehörige zu einer Billigbestattung. Er führte uns zu einer eingeebneten Stelle, die Verwalterin, die mich begleitete, brach in Tränen aus und entschuldigte sich wortreich für ihr Versehen. Ich tröstete sie und dachte, sie hat sich selbst bestattet, meine Mutter.

Noch lange danach verfolgte mich das Bild einer alten toten Frau mit einem zahnlosen, aufgesperrten Rachen, verrenkten Armen, verdrehtem Rumpf, all den Todes-Krämpfen in denen sie verharren, wenn sie nicht rechzeitig vor der Leichenstarre entkrampft und erlöst werden.

Nach ihrem Tod begegnete mir meine Mutter in dem dänischen Film »Hexen« wieder. Sie glich in ihrer Mimik und mit ihrem dürren Körper erschreckend der senilen alten Frau, die sich vor den inquisitorischen Kirchendienern fröhlich und plauderhaft gebärdet, während diese gierig und einzig danach trachten, sie im Feuer brennen zu sehen.

In allerfrühesten Kinderjahren erzählte sie mir fast jeden Abend eine selbst erdachte Geschichte, während ich mit großen Augen im Bett lag. Einmal kam ich selbst darin vor – als das vertauschte Kind einer Gräfin. Die nächsten Tage verbrachte ich in der Angst davor, von der fremden Gräfin geholt zu werden und im Gefühl des Stolzes, ein Grafenkind zu sein.

Immer wenn es Probleme gab, wollte ich sterben …

Eines Tages kam ich vom Spielen nachhause, als ein Kind von sieben Jahren. Meine Mutter saß am Küchentisch und weinte. Ich lief zu ihr, umarmte sie und fragte bang, warum sie um Himmels willen so weine? Auf die Illustrierte vor sich deutend, antwortete sie: »Jacques Fath ist gestorben – warum nicht ich?« Ich sprang auf ihren Schoß und zu zweit heulten wir, sie um den Modeschöpfer und ich um sie.

50 Jahre später schenkte ich ihr das Parfüm von Jacques Fath, das es immer noch gab, sie fragte mich, wer ist das?

An einem anderen Tag kam ich von der Schule nachhause, als ein Kind von vielleicht zehn Jahren. Meine Mutter stand unbewegt am Herd, trauerumflort, rang die Hände und stöhnte: »es geht ihm schlecht – er stirbt!« Ich fragte wer?

Sie spielte Gelsomina, die Rolle der Gulietta Masina in

dem Film »La Strada« von Fellini, wie ich später herausfand.

Meine Mutter war eine wahre Tragödin, ein ausgemachter Stummfilmstar und ich war ihr einziges Publikum. Sie brauchte mich, vor mir genierte sie sich nicht.

Ich war 18 Jahre alt, und bereitete mich auf die Schauspielprüfung vor. Drei Rollen hatte ich im Repertoire und auch schon mächtig viel Sprechunterricht gehabt. Als ich mich auf den Weg machen wollte, gab sie mir mit: »Geh da gar nicht erst hin, Du fällst sowieso durch!« Ich ging hin und fiel durch.

Ich komme nachhause, bin verschwitzt, will duschen, wenigstens, aber nichts, kein Bad keine Dusche. Ich stehe an der Schlafzimmertüre, meine Mutter liegt schon im Bett. Ich klage, klage an die Missstände dieser beschissenen Dreizimmerwohnung mit gerade mal fließendem Wasser i der Küche. Sie: »Aber Du hast doch die Bildzeitung!« Die Bildzeitung – nie hab ich sie gelesen, nur einmal, auf dem Flughafen, weil ich nichts anderes hatte und da wurde mir schlecht. Ich bin gegen die Bildzeitung auf die Barrikaden gestiegen und das war mein erster politischer Kampf, 1963.

Nach dem Tod meines Vaters holte ich meine Mutter nach Berlin. Sie lebte weit draußen auf dem Land in einer Rund-um-die-Uhr betreuten Wohngemeinschaft, in einem nach der Wende restaurierten Bauernhaus, im Grünen. Inmitten einer Idylle, mit Teich, Birke und Pferdekoppel, und einem weiten Horizont. Ich besuchte sie dort oft, auch wegen der Idylle.

Ich komme ins Zimmer meiner Mutter, sie liegt noch im Bett, obwohl die anderen schon um den Tisch sitzen. Ich beschwere mich bei der Betreuerin, doch die tut so, als ob sie nichts versteht. Ich nehme meine Mutter und verlasse mit ihr die Senioren-WG. Wir kommen in einen Supermarkt, streifen an den Tiefkühltruhen entlang, da hat meine Mutter plötzlich ein gefrorenes Huhn in der Hand. Das will sie haben. Ich halte meine Mutter an der Hand, meine Mutter hält das Huhn an einem Bein, so gehen wir weiter. Da sagt sie plötzlich zu mir: «Gell, wenn i da oben bin, dann schreibet mr ons!» Ungläubig frage ich sie: »Ja wie denn?« Sie antwortet mit einer Geste, der ich entnehme, sie wisse schon wie. Ja, lässt mich denn diese Frau nie los? Ich war doch immer, wenn es Probleme gab, der Nagel zu ihrem Sarg?

Jetzt endlich träume ich nicht mehr, ich müsste Dich unbedingt besuchen.

Gefährlicher Durst

Nach dem letzten Totschlag genehmigten sie sich einen
Whisky in der Buddha-Bar. Walter schlug sich auf die
Schenkel und rief in bester Laune: »Das war jetzt schon der
Dritte! Die Sache läuft, wir legen zu und sind bald konkur-
renzlos!« Martin, angesteckt von Walters guter Laune gröl-
te: – »Yeah, wir sind die Größten!« – Lambert, der Jüngste
unter ihnen, jauchzte: »Jeeppie!«, – und bestellte noch eine
Runde: – »Kumpels – hoch die Tassen – wir leben noch
und ewig!« Die Gläser krachten schallend gegeneinander,
die Eiswürfel klirrten in der hellgelben Flüssigkeit. Lamberts Augen wurden glasig. Er blickte zurück und war jetzt
wieder in den Kornfeldern seiner Kindheit, sie wogten hin
und her. Er versuchte mit seinen rotierenden Augen einen
Halm, festzuhalten. Die beiden Ganoven neben ihm lachten und tranken, tranken und lachten und rauchten dicke
Havannas, die sie sich jetzt leisteten.

Lambert schwankte auf seinem Barhocker, er riss seine

Augen auf und wusste plötzlich nicht mehr, wo und wer er war. Walter hielt seinen zitternden Arm fest: – »Hast dich ja nicht gerade mit Ruhm bekleckert!« –

Er lachte dröhnend über seinen Scherz, eine Rumflasche über dem Tresen fixierend.

Martin war plötzlich ernst, stierte Walter erwartungsvoll und misstrauisch an und zischte: »So, jetzt her mit der Kohle!« – Doch der zeigte keine Regung und befahl stattdessen: »Bestell lieber noch ne Bottle – wir hams ja! Bruderherz!« – Lambert schüttelte seinen jungen blonden Kopf: »Ich wi wi will nix meeehr! Ich wi wi wi will heimmm!« – Verzweifelt suchte er die Kornfelder in sich – da galoppierte plötzlich ein Pferd mit wehender Mähne auf ihn zu – Lambert bäumte sich auf, plotzte vom Hocker und fiel in eine Lache, die sein zerbrochenes Glas schon vorbereitet hatte.

Martin zog ihn hoch, langte nach einer Wasserkaraffe hinterm Tresen und goss den Inhalt über Lamberts jungen Blondschädel.

Aus der Musicbox dudelte der Song: – »When the saints go marchin in…«. Walter setzte sein finsterstes Grinsen auf, brummte: »Ich geh mal pissen« und stakste Richtung WC.

»Whisky!« brüllte plötzlich das wiedererwachte, aus den Kornfeldern aufgetauchte Babyface mit sonnigem Lächeln: »Bourbon!«

Martin hieß ihn die Klappe halten. Lambert aber war

jetzt in Stimmung: »Nach dem Dritten kommt der Vierte und der Fünfte und uns kann keiner mehr!«

Martin boxte Lambert in den Bauch. Eine gelbe Fontäne spritzte aus dem aufgerissenen Mund des Jungen. Lambert röhrte: »Un denn kauff ich mir ein Weizzenfeld – so groß wie … wie der Mississippiiii! Ja! Kannst kommen und es taaagelang besichtigen! Mit der Kutscheeeee!«

In diesem Moment ging die Tür auf und ein paar Flintenläufe schoben sich – durch die Öffnung. Es knallte zwei Mal. Lambert fiel lächelnd vom Barhocker, Martin machte es ihm nach, ohne Lächeln. Walter kam vom Klo, sah die Bescherung und murmelte: »Jetzt haben wir ja schon fünfe!« Er band sich die Hose fest, bezahlte und verschwand mit den Flintenläufen in der Nacht.

Die Szene gefiel der Regisseurin noch nicht. Sie verlangte mehr Hingabe, vor allem von Walter: »Deine Überheblichkeit kommt so schlaff daher – machs noch mal.« – Lambert lamentierte: »Ich hab keine Lust noch mal in den Plastikscheiß zu fallen – macht die Szene ohne mich.« – Martin schaute auf seine Uhr: »Ich hab noch was Wichtiges vor« – und verschwand in den Kulissen der Kneipe.

Der Freund der Regisseurin stöhnte auf und schrie laut durch den nachgemachten Saloon: »Das hat man davon, wenn man kein Geld für eine Filmszene hat!«

Die Schatztruhe im Turm. Ein Märchen.

Eines Tages wurde es blitzschnell dunkel. Der Zauberer erkannte nichts mehr und stieg, was ihm stets im Dunkeln gelang, die Stufen zur Turmkrone hinauf. Als er angekommen war, hieb ihm der Wind die Türe aus der Hand – was sage ich – Sturm! Es war ein entsetzlicher Sturm, den die Luft entfesselt hatte. Der Zauberer hielt seinen Stab fest in der Hand, mit der anderen seinen Hut, sonst hätte er beides verloren …

Da hörte er über sich ein lautes Krächzen, der Rabe Grölemund schwebte über ihm, flog schwungvoll hinüber zu den Wäldern und verschwand im Mondlicht.

Im Keller rüttelte der eindringende Sturm an der verschlossenen Kellertüre, riss sie auf, drang ins Innere und verwüstete den Raum – die Regale brachen unter seinem Ansturm zusammen, stürzten zu Boden, zusammen mit den geborstenen Flaschen. Alles schien an sein Ende gekommen.

Doch etwas stand stolz und unbeweglich an seinem Jahrtausende alten Platz. Die Schatztruhe ächzte zwar in ihren Holzbohlen, doch blieb sie standhaft. Da plötzlich raste ein Höllenschrei durch den Raum – der Deckel der Truhe wurde aufgerissen. Goldgelb blinkte und glitzerte es aus der bis an den Rand gefüllten Truhe hervor …

Durch die aufgerissene Tür jagte eine wilde Feuergestalt mit sieben Köpfen und Krallen, so groß wie Schaufeln, zwei Füße bemächtigten sich der Truhe und trugen sie eilends wie der Wind, nach draußen.

Von der Turmkrone herab konnte der von allen Geistern verlassene Zauberer den Verlust seiner vergangenen Machenschaften verfolgen.

Recht fest fasste er jetzt den Zauberstab, stieß ihn in die Luft und schrie kläglich gegen das heillose Sturmgebraus an. Der aufflammende Blitz fuhr in die Spitze des Zauberhutes, schoss durch den Körper des Zauberers und explodierte am Ende seines Stabes. Der Zauberer stand still – für den Augenblick der Ewigkeit.

Das unheimliche Sturmwesen, das mit der Truhe in den nahe gelegenen Wald geflüchtet war, wurde dort von einem herrlichen Ritter empfangen, dessen weißen Umhang ein rotes Kreuz zierte. Der Flugdrache – es war wirklich einer – fauchte ihn an: Ich brauche Deine Hilfe nicht und sank im nächsten Moment vom Schwert ins Herz getroffen entseelt danieder. Der Deckel der Truhe klappte zu und konnte seither nicht mehr geöffnet werden.

Die tödliche Stimme

Sie drang an ihr Ohr, wurmte sich hinein: »Ich beobachte dich schon lange!« Hilde hielt den Hörer etwas vom Ohr weg. »Hör zu! Du hast noch 24 Stunden Zeit um dein beschissenes Verhalten zu ändern! So wie du jetzt bist, bist du ein Fluch für die Welt! Hast du mich verstanden??« Die Stimme brach ab, hustete. Hilde schnaufte.

»Genau 24 Stunden! Ich kontrolliere dich!« Hilde fiel fast der Hörer aus der Hand. ‚Widerling‘, dachte sie, ‚schon wieder diese fiese Stimme. Hört das denn nie auf?‘ Wem gehörte sie wohl? Wer konnte das sein? Ist es jemand aus der Firma? Aus dem Haus? Mann oder Frau? In dieser Nacht schlief Hilde schlecht, schreckte immer wieder säuerlich aus Träumen auf. Erst im Morgengrauen kam sie einigermaßen zur Ruhe, als der Wecker klingelte.

Der Tag verlief, still und bescheiden, dachte Hilde, die sich selbst beobachtete.

Am nächsten Abend, Hilde saß vor ihrem schicken Fernseher und sah den angestrengten Übungen der Darsteller in einer Serie zu, da klingelte das Telefon. Hilde zuckte zusammen. Wenn das wieder diese heisere, fiese Stimme war?

Sie ließ es klingeln und es schaltete sich der Anrufbeantworter ein: »Warum hast du heute dein Maul gehalten? Verstehst du so unsere Abmachung? Indem du einfach nichts mehr sagst?« Die Stimme überschlug sich. Hilde rückte ab vom Anrufbeantworter, traute sich aber nicht, ihn auszuschalten. So, als ob der Stimme das nicht verborgen bliebe.

»Hast du etwa Angst? Wovor? Angst ist nicht das, was ich von dir will! Noch mal - ändere dein Verhalten!« Die Stimme brach ab. Hilde ging in die Küche, genehmigte sich einen GinTonic, ließ sich in ihren bequemen Sessel fallen und leerte das Glas. Wer ist bloß diese Person? Wer beobachtete sie? Was für ein Verhalten sollte sie denn ändern? Sie ging wieder zum Kühlschrank und schenkte sich nach. Zurück im Sessel grübelte sie weiter und nach fünf Gläsern verdächtigte sie ihren Mitarbeiter Herrn Schimonek. Ja, natürlich! Dieser eifersüchtige Zwerg war scharf auf ihre Position in der Firma! Sie erinnerte sich: Den habe ich vorige Woche zusammen gefaltet, weil er zu spät zur Arbeit gekommen war.

Und seine Stimme! Er hatte so ein meckerndes Lachen, das passte wie angegossen zu dieser fiesen Stimme. Sie setzte sich in Positur. Seine Anrufe würde er bereuen.

Am nächsten Morgen erschien sie müde im Büro, aber bemühte sich, besonders freundlich zu sein. Aus den Augenwinkeln beobachtete sie den Schimonek.

Kurz vor Geschäftsschluss bat sie ihn in ihr Büro. »Ich bin mit Ihnen sehr zufrieden. Bei einem Arbeitsessen heute Abend könnten wir die nächste Sprosse Ihrer Aufstiegsleiter besprechen.« Schimonek zuckte zusammen. Das war Hilde Beweis genug für seine Täterschaft. »Seien Sie um 19:30 Uhr im Restaurant »La Belle et la Bête« und wir werden weiter sehen.« Schimonek lächelte gezwungen, nickte und verabschiedete sich. Er ist's, dachte sie zufrieden.

Als er das Lokal betrat, winkte sie. Schimonek steppte munter auf ihren Tisch zu. Er hatte sich dem Anlass gemäß in Schale geworfen und sah in dem Trenchcoat aus wie Bogart in einem seiner Filme.

Vor ihr stand schon ein Kelch Kir Royal, daneben eine Flasche Bourgogne. Sie reichte ihm die Menükarte. »Ich würde als Entree Austern in einer leichten Gemüse-Vinaigrette empfehlen. Das schmeckt hier hervorragend.« Schimonek nickte, klappte die Karte zu und griff zum Aperitif: »Ach bitte, bestellen Sie doch für mich mit. Ich vertraue Ihnen.« Hilde grinste innerlich: »Aber gerne.« Sie bestellte Fasanenbrüstchen in einer Morchelsoße neben Salatblättern mit einem Kartoffelpüree-Krönchen. Er aß mit festem Blick auf seinen Teller. Sie prostete ihm mit dem Bourgogne zu - er war noch mit seinem Aperitif beschäftigt.

Nach dem Dessert sah Schimonek seine Chefin erwartungsvoll an. Sie bestellte jetzt eine Flasche Dom Perignon, den besten und teuersten Champagner, den es gab. Die Flöten klangen beschwingt und hell aneinander. Schimonek lachte, als fühle er sich aufgewertet. Hilde leerte das Glas in einem Zug. Dann stand sie auf, griff ihr Handtäschchen, zwinkerte ihm zu: »Bis gleich!«, und verschwand.

Hildes High Heels klapperten auf dem Asphalt und sie grinste übers stark geschminkte Gesicht. Dem hatte sie es gegeben. Der wäre klein mit Hut, wenns ans Zahlen ginge. Und morgen würde er zerknittert an seinem alten Platz sitzen. So wäre sie die lästige Stimme los. Ein Licht blinkte und glitzerte aus der Dunkelheit auf: »Revue - Bar«.

Hilde hielt inne, drehte sich auf dem Absatz um und stöckelte in den Höllenrachen der Nacht. Sie fand noch einen freien Barhocker und genehmigte sich einen Whisky Sour. Einer ihrer Lieblingsdrinks. Sie ließ sich in kein Gespräch verwickeln, sondern kostete ihre Erinnerung an diesen Abend so richtig aus. Ihre Fantasien über Schimoneks Zwangslage bereiteten ihr großes Vergnügen. Sie sah ihn vor sich, mit der exorbitanten Rechnung in Händen und lachte, lachte und trank.

Bevor sie sich ins Nirwana trank, freudig und siegesgewiss, glitt sie vom Hocker.

Im Nieselregen torkelte sie vor sich hin brabbelnd die Strasse entlang. Fest den Blick auf den Asphalt gerichtet, erkannte sie deswegen nicht gleich die Gestalt, die an einer Laterne lehnte. Fast wäre sie in sie hinein gestolpert. »Frau Landowski, ich muss Ihnen etwas sagen.« Die Gestalt hielt ihr Gesicht in den Laternenschein. Es war Schimonek. Hilde stieß ihm ihren Ellenbogen in die Seite: »Platz da!« Sie war aus dem Modus der Höflichkeit gefallen und fiel im nächsten Moment vor seine Füße. »Frau Landowski, ich bin enttäuscht von Ihnen - Sie sind ja wie eine - na Sie wissen schon!« Wie im Tran griff Hilde nach ihm, verkrallte sich in seine Hose und hangelte sich daran hoch. »Es ist mir egal, was Sie von mir denken«, lallte sie »ich muss nach Hause!« Sie wedelte mit ihren Armen und stöckelte weg vom Schimonek. Der lief ihr nach, packte sie am Arm und fauchte sie an: »Sie schulden mir 800 Euro!« Hilde schüttelte seine Hand energisch ab: »Sie sind ja verrückt! SIE schulden mir endlich eine ruhige Nacht!«, und stakste auf ihre Haustüre zu. Schimonek sprang vor die Türe, breitete die Arme aus: »Sie kommen hier nicht rein, bis ich mein Geld habe!« Hilde schleuderte ihre Handtasche in Schimoneks Gesicht. Sie war aus gediegenem Leder mit Messingfassung. Der Mann ging in die Knie. Hilde fingerte zitternd ihren Hausschlüssel aus der Tasche, stocherte, der Schlüssel fand das Loch nicht. Er entriss ihr den Schlüssel, schloss auf: »Das haben Sie sich so gedacht, aber so funktioniert das nicht. Ich komme mit!« Hilde zog die Stöckelschuhe von ihren Füßen, rannte die Treppe hinauf und blieb schwer atmend stehen. Schimonek war schon hinter ihr, räusperte sich und legte ihr die Hand auf die Schulter: »Ich meine es ernst … welcher ist der Türschlüssel?« Hilde schwieg. Er probierte einen nach dem anderen und schloss auf. Sie drängte sich durch die Tür, wollte sie hinter sich zudrücken. Aber da war der Fuß Schimoneks, der sich dazwischen stellte. Hilde schrie: »Ich rufe die Polizei!« Schimonek schob sich hinein in die Wohnung: »Ja rufen Sie nur - mir ist das recht!« Hilde rannte durch den Flur, ins praktischerweise geöffnete Bad, schlug die Tür hinter sich zu und drehte den Schlüssel um. »Kommen Sie raus, Frau Landowski! Sie haben keine Wahl.« Was sollte sie jetzt tun? Da passierte es.

Schimonek trat mit einem Fuß die Tür ein. Hilde stand vor ihm, mit beiden Händen und irrem Blick hielt sie ihre Handtasche an sich gepresst. Er entriss ihr die Tasche. Sie nutzte den Moment und entwischte in die Küche.

Es war dunkel, sie tastete sich vom Herd zum Schrank zum Kühlschrank, ließ sich in die Nische gleiten und atmete aus. Von ferne hörte sie ihn flüstern, ein Rumpeln erschreckte sie. Machte er sich an ihren Kommoden und Schubladen zu schaffen? Sie öffnete lautlos eine Schublade. Es wurde still.

Hilde richtete sich auf, riss die Tür auf, geblendet vom Flurlicht prallte sie mit ihm zusammen, es klirrte in seinen Manteltaschen. Im nächsten Augenblick rammte sie ihm ein langes Küchenmesser in seinen dürren Körper, zog es heraus und stieß es wieder hinein. Er sank zu Boden und röchelte: »Sie Teufelin!« Wieder und wieder stach sie hinein, er schrie wie ein Tier und wälzte sich in seinem Blut. Sie warf sich auf ihn, riss an seinen Manteltaschen, während er schrie.

Plötzlich regte sich Schimonek nicht mehr. Aus seiner Tasche fischte sie ihren Schmuck, aus seiner Hand ragte ein Bündel Banknoten. Sie entriss es ihm mit blutigen Händen, stand auf, lachte schrill und trug alles zur Kommode zurück. Für diese Frechheit hatte er jetzt gebüßt. Sie zog ihn in die Besenkammer, das Licht funktionierte nicht, also schleppte sie ihn hinaus auf den Balkon, hievte ihn auf einen Stuhl, einer dunklen Gestalt gegenüber, zusammengesunken, leeren Blicks … ein großer Irrtum … die wacklige Brüstung müsste sie mal reparieren lassen.

Hilde schloss frohgemut die Türe. Ausatmend ließ sie sich in ihren Fernsehsessel fallen, angelte nach der Fernbedienung und schaltete den Fernseher an. Eisbären tollten über Eisschollen. Ihre Gedanken verfingen sich in dieser Idylle.

Ein gellender Pfiff schreckte sie auf. Sie sprang wie hypnotisiert auf den Balkon, beugte sich über die Brüstung, hörte von unten eine Stimme keuchen: »Du hast dich noch immer nicht geändert! Warte, ich komme ...«. Ihr sträubten sich die Haare, sie wankte, stieß gegen Schimonek, seine leblose Gestalt fiel auf sie, sie kippte gegen die Brüstung, die nachgab, sie stürzte, die Stimme erstickte unter ihrem Körpergewicht. Es war vorbei ...

Inhaltsverzeichnis

ABENTEUERLICHES

Lebende Bilder – Kreaturen kreativ   6
Oh – wie schön ist Palma La   16
Vivian   23
Das Boot   33
Bleichgesichter des Schreckens   41

KRYPTISCHES

Die Bergwanderung   56
Die dritte Begegnung   65
Wo die Nachtigall stört   70

AUSGEFALLENES

Mami – get your gun   80
Gefährlicher Durst   85
Die Schatztruhe im Turm   88
Die tödliche Stimme   91

Über die Autorin

Waltraud Schade, geboren 1946 in Stuttgart, Magister in Germanistik mit Abschlussarbeit über Karoline von Günderrode und Bettine Brentano. Tourismus- und Öffentlichkeitsarbeit in der Fraueninfothek Berlin. Vorträge und Lesungen verschiedener Texte und zu Aspekten meiner Magisterarbeit. Moderation zu einer Kunstausstellung, Essay zur Kunst von Brigitta Sgier und Ulrike Bock. Veröffentlichungen von 1975 – 2006, u.a. Text zur Geschichte der Frauenprojekte in Berlin-Schöneberg. Texte über die Ereignisgeschichten historischer Gebäude in Berlin-Kreuzberg und Tiergarten. Biografien für eine Friedhofs-CD Rom über Berühmtheiten des 19. Jahrhunderts. Biografien von Schriftstellerinnen in Berlin-Treptow. Veröffentlichungen in Anthologien, Sachbüchern und zwei Buchpublikationen. Mitarbeit im Frauen- und Lesbenprojekt RuT in Berlin. Im Verein mit den »Mörderischen Schwestern« (Krimiautorinnen) und im VS (Verband deutscher Schriftstellerinnen & Schriftsteller).

Seit 2009 Dozentin für deutsche Sprache.

Immer wieder begeistern mich meine Ideen und ich staune, was aus ihnen beim Schreiben wird.

Inspirationen

Lebende Bilder - Kreatur kreativ

Zu dieser Geschichte inspirierte mich eine Freundin, die in der Schweiz die Witwe eines Großwildjägers betreute.

Oh - wie schön ist Palma La

Ewige U-Bahnfahrten und häufige Ferien auf der kanarischen Insel La Palma kommen hier zusammen mit der Erinnerung an den Titel »Oh wie schön ist Panama«.

Vivian

Nach meinem Besuch der Ausstellung von Vivian Maiers Straßenfotografien, fing ich in der U-Bahn auf den Knien an zu schreiben.

Das Boot

Hat auch mit La Palma zu tun. Ich hatte dort einen Mann kennengelernt, dessen Geschichte ich fiktionalisierte.

Bleichgesichter des Schreckens

Mein Fitness-Studio war pleite gegangen. Die Umstände habe ich phantasiert.

Die Bergwanderung
Ein Freund hatte mir Bruchstücke aus seinem Leben erzählt, diese habe ich mit anderen zusammengefügt.

Die dritte Begegnung
Bruchstücke aus meinem Leben und dem von anderen sind hier ein Text geworden.

Wo die Nachtigall stört
Ist die Quintessenz einer Trennung.

Mamie - get your Gun
sind Erinnerungsschnipsel.

Gefährlicher Durst
Eine befreundete Schauspielerin suchte einen Text über Whisky.

Die Schatztruhe im Turm
Ist ein Ammenmärchen.

Die tödliche Stimme
Der Titel ist mir vor vielen Jahren eingefallen, die Geschichte überkam mich in einem Gespräch mit einer Freundin.